Michel Friedman

Kaddisch
vor Morgengrauen

Roman

Aufbau-Verlag

ISBN 3-351-03046-0

1. Auflage 2005
© Aufbau-Verlag GmbH, Berlin 2005
Einbandgestaltung Bea Klenk, Berlin
Druck und Binden Ebner & Spiegel, Ulm
Printed in Germany

www.aufbau-verlag.de

In Liebe –
für das Gestern meinen Eltern,
für das Heute und Morgen B. und S.

1

Furchterregende Dinge geschehen in der Nacht, während wir schlafen. Der Wolf reißt Lämmer und frißt sie, doch die Erde dreht sich weiter. Die Nacht, die Zeit der Stille, Angst, Liebe, Gedanken, die sich in die Dunkelheit verirren. Die Zeit der Träume und der Alpträume. Was in der Helligkeit des Tages unmöglich scheint, findet im Dunkel der Nacht Unterschlupf. Irrungen und Verwirrungen. Mein Kind, mein geliebtes Kind, ich möchte dich schützen. Du schläfst. Dein Mund ist leicht geöffnet. Ein Lächeln. Dein Haar ist zerzaust. Du atmest unregelmäßig. Ich habe so lange auf dich gewartet. Hatte Angst. Hatte Sehnsucht nach dir. Hatte Gründe, daß du nicht entstehst. Hatte Hoffnungen, daß ich überrumpelt werden würde von deiner Mutter, meiner Frau. Hoffte, daß sie mich nicht ernst nahm. Falsch. Daß sie mich ernst nahm. Meine Ausreden durchschaute, mich erkannte.

Ich liege neben dir und sehe in die Nacht hinaus. Wie gern würde ich einschlafen. Schlafen. Wie viele Jahre ist es her, daß ich richtig schlafen konnte? Als Jugendlicher? Als Kind? Wann hatte ich zum erstenmal diese Alpträume? Als dein Großvater mir erzählte, wie die Schakale ihn auffraßen? Als deine Großmutter mir von den Nächten des Mordens berichtete?

Mein Vater. Meine Mutter. Was hatten sie getan, daß andere Menschen sie schlachten wollten? Soll ich dir von meinen schlaflosen Nächten erzählen? Oder soll ich dich schonen? Dir die Wahrheit ersparen? Wie oft habe ich mir gewünscht, die Wahrheit verändern, die Geschichte umschreiben zu können. Unsere, meine Geschichte neu erfinden zu können. Aber das ist unmöglich. Sie holt dich ein. Rast über deine Lügen hinweg, begräbt alle Notausgänge des Seins. Du schreist, ohne gehört zu werden. Du wehrst dich und bleibst hilflos. Du hoffst – und erkennst, wie erbarmungslos deine Hoffnung ist.

In meinen Nächten, in diesen hellwachen Stunden, erinnere ich mich an die Stimme deines Großvaters Ariel. Er hatte ein gütiges Gesicht. Er war ein schüchterner Mann. Nicht besonders groß. Seine Augen waren klar. Er hatte graues Haar. Seit ich an ihn denken kann, war sein Haar grau. Er brachte mich ins Bett, so wie ich dich ins Bett bringe. Seine Geduld, seine Liebe zu mir waren unerschütterlich. Er erzählte mir jeden Abend dieselbe Geschichte. Von einem Frosch und einem Skorpion.

Ein Frosch und ein Skorpion standen am Ufer eines Flusses. Beide wollten ans andere Ufer. Der Skorpion fragte den Frosch, ob er ihn huckepack auf seinem Rücken mitnehmen würde, da er doch nicht schwimmen könne.

Wenn ich das tue, Skorpion, sagte der Frosch, wirst du doch zustechen, und ich werde an deinem Gift sterben.

Der Skorpion schwieg einen Augenblick und antwortete ruhig: Ich wäre töricht, wenn ich das täte. Ich würde doch dann auch ertrinken.

Das leuchtete dem Frosch ein, er nahm den Skorpion auf seinen Rücken und schwamm los. In der Mitte des Flusses stach der Skorpion plötzlich zu.

Aber Skorpion, sagte der Frosch, kurz bevor er ertrank, wir werden doch jetzt beide sterben …

Das stimmt, antwortete der Skorpion, aber Skorpion bleibt Skorpion.

Ich war jedesmal sehr aufgeregt, wenn Ariel diese Geschichte erzählte. Ich verstand sie zwar nicht genau, spürte aber, daß mir mein Vater damit etwas Wichtiges sagen wollte. Oft träumte ich von dem Skorpion, bis ich lernte, daß der Skorpion in Wirklichkeit der Mensch war.

Warum stach er zu? Warum konnte er nur für kurze Zeit lernen, mit dem Frosch zu schwimmen, und warum tötete er ihn dann doch, um selbst zu ertrinken? fragte ich Ariel. Dein Großvater lächelte mich an. Es muß so nicht sein. Es kann auch anders werden.

2

Ich war sechs Jahre alt, als ich meinen Vater zum erstenmal weinen sah. Damals bin ich erwachsen geworden. Dachte ich. Es sollte vierzig Jahre dauern, bis ich es wirklich wurde. Mein Vater und meine Mutter feierten das Neujahrsfest. Der Tisch war feierlich gedeckt. Sarah hatte das beste Geschirr genommen, ein strahlend weißes Tischtuch. Silberne Kerzenleuchter. Ihre Freunde saßen am Tisch. Es wurde gegessen und gelacht. Getrunken und geredet. Ich wurde mehrmals ins Bett geschickt, dachte aber nicht daran, schlafen zu gehen. Zu selten war unser Haus voller Menschen, zu neugierig war ich darauf zu hören, was die Erwachsenen erzählten. Sarah war wunderschön. Meine Mutter trug ihr rotes Haar offen, ihr roter Lippenstift glänzte, und ihr schwarzes Kleid betonte ihre weibliche Figur. Sie sah aus wie eine Königin.

Ins Bett, rief sie erneut.

Nein, schrie ich, und alle lachten.

Du mußt schlafen, Julien, sagte sie.

Dann schlafe ich unter dem Tisch, bot ich an. Ich mache mir mein Bett unter dem Tisch, ihr redet, und ich schlafe. Wieder lachten alle.

Laß ihn doch, sagte eine Freundin meiner Mutter.

Ich ging in mein Zimmer, holte Kissen und Decke. Machte mir mein Bett unter dem Tisch. Legte mich hin und lauschte den Stimmen. Irgendwann schlief ich ein. Als ich aufwachte, waren die Stimmen leiser geworden. Ich wollte gerade aufstehen, da hörte ich meinen Vater weinen.

Warum nur? schluchzte er.

Erinnerst du dich, Rachel? Rachel war eine gute Freundin meiner Eltern. Warum habe ich überlebt? Warum ich?

Warum nicht meine Brüder, meine Schwester, meine Eltern? Warum ich?

Diese Frage hilft dir nicht weiter, sagte Rachel. Es gibt keine Antwort darauf. Nur Gott weiß, warum.

Gott? mein Vater verzog sein Gesicht. Gott? Was ist Gott? Wer ist Gott? fragte er. Ist er der Verantwortliche für diese Welt? Hat er verfügt, daß sie sterben mußten? Hat er die Nazis erfunden? Ihre Ghettos? War er der Architekt der Konzentrationslager, der Baracken und der Gaskammern?

Hör auf, mahnte meine Mutter, es reicht.

Nein! Es reicht nicht, widersprach er ihr heftig. Es reicht nie. Wie soll ich dieses Leben aushalten, wie hältst du dieses Leben aus, und du, Rachel, ihr alle? Er schaute seine Freunde an. Wie hält man die Bilder aus? Diese Deutschen? Menschen, die zu Tieren werden. Alles vergessen, was den Menschen ausmacht? Wie soll ich das aushalten? Sagt es mir!

Wir leben, sagte Rachel.

Nein, sagte Ariel. Wir existieren. Wir atmen, essen, trinken. Ja. Wir funktionieren. Aber wir leben nicht.

Du versündigst dich, erwiderte meine Mutter. Wenn wir überlebt haben, dann um zu leben. Um zu erzählen, um zu erinnern.

Um mit den Toten zu leben? Um mit der Barbarei weiterzuleben? Mein Vater wurde laut.

Auch, sagte Mutter, aber nicht nur. Auch um zu lachen, sich über das Leben zu freuen, über das Wunder, daß wir einen Sohn haben …

Was werden wir ihm eines Tages erzählen? fragte mein Vater. Daß man uns wie Ungeziefer behandelt hat? Daß man uns gequält und gedemütigt hat? Daß wir vor Hunger und Durst fast gestorben wären? Daß man uns beigebracht hat, uns selbst zu verachten? Daß wir die Toten nicht mehr zählen konnten? Daß wir mit ansehen mußten, wie unsere Brüder, Schwestern, unsere Mütter und Väter geschlagen, getreten, angespuckt, erschossen, erschlagen und vergast wurden? Daß wir unseren Unrat nicht mehr abwischen konnten? Gestunken haben wie die Pest, uns Tage, Wochen, Monate nicht waschen durften? Vor Angst zitterten, wer der nächste sein würde? Anfingen, uns gegenseitig zu verraten, um zu überleben … Mein Vater schwieg plötzlich. Kein Mensch sprach mehr.

Heute ist Rosch ha-Schana, fuhr mein Vater mit bedrückter Stimme fort. Wir saßen zusammen, früher, in Kraków. Deine Eltern, Sarah, meine Eltern, unsere Geschwister. Was für ein schöner großer Tisch, was für eine große Familie! Wir beteten, wir sangen. Wie wir lachten. Wir waren leicht und naiv. Fröhlich. Hatten unsere Träume, unsere Hoffnungen, unsere Pläne. Wir waren jung. Kinder noch. Wir aßen gefillte Fisch, gehackte Leber, Hühnersuppe und Fleisch. Der Tisch war reich gedeckt. Wir waren glücklich. Und heute? fragte er in die Runde.

Heute, antwortete meine Mutter, sitzen wir wieder an einem Tisch. Wir leben. Wir essen und trinken. Unsere Freunde sind hier. Unsere Kinder sind auf der Welt. Eine andere Welt. Ja. Eine Welt, in der die Hölle zu Gast war. Aber ich werde diese Welt nicht hassen, Ariel. Ich werde mich nicht vergiften lassen durch das, was andere getan haben. Der Hassende ist vergifteter als der Gehaßte. Er muß vierundzwanzig Stunden mit seinem Haß leben; wenn wir das zulassen, haben die Nazis ihr Ziel erreicht. Dann können wir uns auch umbringen.

Mein Vater stand langsam auf, ging auf meine Mutter zu und nahm sie vor allen Freunden in seine Arme.

Ich liebe dich, sagte er, dafür liebe ich dich.

Und fing erneut an zu weinen.

3

Großvater Ariel fragt oft nach dir. Wie geht meinem Enkelkind? Ist er gesund? Ißt er genug? Spricht er schon? Wenn er von dir spricht, leuchten seine Augen. Seine Augen leuchten nicht mehr oft. Niemand ahnte, was in Ariel vorging. Niemand konnte vorhersehen, was passierte. Er war ein stiller Mann. Jeden Morgen stand er um sechs Uhr auf, wusch sich. Er rasierte sich sehr gründlich. Wenn er sich rasierte, schien es, als würde er die Welt um sich herum vergessen. Er schäumte sich mit Seife ein und strich ganz langsam mit der Klinge über seine Wange. Er bearbeitete jede Bartstoppel, bis seine Haut glatt war. Dann nahm er kochend heißes Wasser in seine Hände, die er zu zwei offenen Fäusten formte, und goß es sich über das Gesicht. Schließlich beendete er das Ritual, indem er sich parfümierte. Die ganze Wohnung roch nach ihm. Dann zog er sich an. Es war ihm sehr wichtig, immer gut gekleidet, elegant zu sein.

Die Menschen sollen immer denken, daß es uns gut geht, sagte er, sie sollen nie Mitleid mit uns haben. Nichts ist schlimmer als Mitleid.

Er machte mir jeden Morgen mein Frühstück. Milchkaffee, duftend und heiß, ein frisches Brötchen, Butter und Schokolade. Sarah mochte den Morgen nicht. Sie schlief spät ein. Die Geister der Nacht, sagte sie.

Dann fuhr mich Ariel in die Schule und ging arbeiten. Er verkaufte Pelze. Ich liebte es, ihn zu besuchen. Manchmal, wenn er mich von der Schule abholte, fuhren wir in sein Büro. Überall lagen Felle herum. In allen Farben. Auf dem Boden verstreut. Ich ließ mich fallen und atmete den Duft der Pelze ein.

Ariel arbeitete schwer und verdiente wenig Geld. Später erfuhr ich, daß er nach dem Krieg Schmuggler gewesen war. Er hatte Gold in seinem Hintern versteckt und war zweimal in der Woche mit dem Zug von der Schweiz nach Deutschland gefahren. Zwei Jahre lang. Dann ging es nicht mehr. Seit dieser Zeit blutete er aus dem After. Und schämte sich. Aber das war lange vor meiner Geburt. Mittags kam er immer nach Hause. Ich möchte bei euch sein, sagte er.

Ich liebte unsere gemeinsamen Mittagessen. Ich erzählte von der Schule, plapperte drauflos und war glücklich, daß meine Eltern mir zuhörten. Dann verließ er das Haus und kam abends wieder zurück. Jeden Tag, solange ich mich erinnern kann, verlief sein Leben in diesem Rhythmus.

Ariel war ein scheuer Mann. Er mied große Gesellschaften. Hatte wenige Freunde. Er hörte nicht gut. Ein Ohr war taub. Ein SS-Mann hatte ihn nachts in den Straßen von Kraków angehalten.

Was machst du hier? schrie er ihn an.

Ich bin auf den Weg nach Hause.

Es ist Sperrstunde, sagte der SS-Mann. Dann sah er den gelben Judenstern, der auf Ariels Mantel genäht war.

Drecksjude, schrie er und schlug Ariel mit seinem Gewehrkolben an den Kopf. Ariel brach zusammen. Er blutete. Der SS-Mann ließ ihn liegen. Er dachte wohl, daß er tot sei.

Eine junge Frau, die ebenfalls die Sperrstunde verpaßt hatte, hatte die Szene gesehen und näherte sich vorsichtig. Sie beugte sich über den Mann. Lauschte seinem Atem. Er lebte noch. Sie rief ihren Bruder herbei, und sie trugen den bewußtlosen Mann zu sich nach Hause. Die Mutter des jungen Mädchens erschrak, als sie den verletzten Mann erblickte.

Seid ihr verrückt? schrie sie ihre Kinder an, einen wildfremden Mann nach Hause zu bringen. Wollt ihr uns ins Unglück stürzen?

Sie brachten Ariel ins Gästezimmer, wuschen ihm die Wunde. Ariel schlief zwei Tage und zwei Nächte. Dann öffnete er seine Augen. Sein Kopf schmerzte. Er schaute sich im Zimmer um. Es war groß und schön mit teuren Tapeten und Gardinen. Nicht wie bei ihm. Ein großer Holzschrank, ein Sekretär, zwei Sessel, hell bezogen. Wo war er? Was war passiert? Dann sah er die junge Frau, die auf einem Stuhl neben ihm saß. Sie war höchstens achtzehn, vielleicht jünger, und sehr schön. Rotes langes Haar, grüne Augen.

Geht es besser? sagte das junge Mädchen.

Sie wischte ihm mit einem kalten Tuch die Stirn ab.

Ich heiße Sarah Weinfeld.

4

Es ist der Blick der Liebe, der einen Menschen lebendig werden läßt. Dieses Wunder. Dieser Augenblick, in dem sich alles verändert. Du wirst aus einer Existenz zu einem Leben. Du und nur du. Einzigartig. Unverwechselbar. Milliarden Menschen gehen an dir vorüber, und unter diesen Milliarden gibt es einen Menschen, der dich nicht übersieht, der dich nicht überhört, der dich nicht vergißt. Dieser Mensch bleibt stehen, schaut dich an, hört dich, sieht dich, fühlt dich, und alles gerät in Bewegung. Der Himmel strahlt heller, die Geräusche werden zu einer Melodie, das Leben lächelt dich an, und du glaubst plötzlich, daß du alle Probleme lösen kannst, daß du begabt bist, daß du die Kraft hast, das Leben zu leben. Du fühlst es sofort. Im ersten Moment, mit dem ersten Blick; Gefühle sind schneller als der Verstand. Er läuft hinterher. Will meist verhindern. Aus Angst. Aber wenn du den Mut hast, deinen Verstand zu überwinden, hast du eine Chance, der Liebe zu begegnen.

Sarah sah Ariel an und wußte, daß dies der Mann ihres Lebens war. Ihr Schicksal. Ihre Bestimmung. Sie wischte ihm erneut die Stirn ab und fühlte seine Augen auf sich gerichtet.

Ein Arzt wird gleich kommen, sagte sie.

Ariels Ohr schmerzte entsetzlich. Sein Gesicht war geschwollen. Er hörte nichts mehr auf der rechten Seite. Sein ganzer Körper schmerzte.

Er schaute Sarah an und wollte etwas sagen, fiel jedoch wieder in tiefen Schlaf.

Er wachte auf, als er spürte, daß jemand sein Gesicht berührte.

Bewegen Sie sich nicht, sagte der alte Mann. Sie sind verletzt. Können Sie mich hören? Halten Sie Ihr linkes Ohr zu.

Ariel hielt sich mit der Hand sein linkes Ohr zu und konnte nicht mehr hören, was der Mann sagte. Nur an den Lippenbewegungen sah er, daß der Arzt zu ihm sprach.

Ich weiß nicht, ob es nur ein Trauma ist, das von dem Schlag herrührt, sagte der Arzt, oder ein bleibender Schaden. Erst muß die Entzündung abklingen, dann sehen wir weiter.

Er packte seine Instrumente ein und stand auf. An der Tür drehte er sich noch einmal um und sagte: Sie haben Glück gehabt. Wenn der Mann besser gezielt hätte, hätte er Ihren Schädel zertrümmert.

Sarah brachte den Arzt zur Tür. Ariel setzte sich auf und versuchte sich anzuziehen.

Was machst du da? fragte sie, als sie zurückkam.

Ich gehe. Ich habe euch schon genug Mühe bereitet. Übrigens, ich habe vergessen mich zu bedanken.

Bleib, sagte Sarah. Sie sah vor sich nieder und fuhr fort: Was werden die Deutschen noch mit uns machen?

Sie werden uns töten, sagte Ariel, sie sind gekommen, um uns alle zu töten.

Du übertreibst, antwortete Sarah, du siehst so schwarz, weil dich dieser Deutsche geschlagen hat. Vor einem Jahr hat der Krieg begonnen. Es wird schon gut gehen. Du wirst sehen.

Du hättest ihn sehen sollen, sagte Ariel, seine Stimme war leise, es geht nicht darum, daß er mich geschlagen hat, sondern wie. Er hat mich angesehen, als wäre ich ein Nichts. Er schlug auf ein Nichts ein. Sie werden uns vernichten, wie sie es versprochen haben.

17

5

Meine erste Begegnung mit Deutschland war der Tod, mein Kind. Warte, ich decke dich zu. Immer, wenn du schläfst, wirfst du deine Decke vom Bett. Warum schläfst du so unruhig?

Ariel, mein Vater, sprach nicht mit mir über das Unglück. So hieß das, was die Deutschen ihm angetan haben, bei uns. Er sprach nur mit meiner Mutter und seinen Freunden darüber. Als ich so alt war wie du heute, also sieben Jahre alt, da hatte ich zuwenig gehört, um das Unglück zu verstehen, aber schon so viel, daß das Unglück meine Phantasie beschäftigte. Also fragte ich immer wieder hartnäckig.

Ariel reagierte entweder wütend und schrie mich an: Du bist zu klein dafür, das verstehst du nicht.

Oder er nahm mich in den Arm, wiegte mich wie einen kleinen Jungen und schwieg. Ich hatte Angst. Was war meinem Vater passiert? War er selber schuld daran? Hatte er etwas Verbotenes getan? Und auch meine Mutter mußte doch etwas getan haben. Und all ihre Freunde. In dieser Zeit begannen meine Alpträume. Ich träumte von einem großen Lager. Es war Nacht. Aber dennoch war es furchtbar hell. Suchscheinwerfer überall. Große Baracken. Und jemand schrie mit lauter Stimme: Raus, raus, raus. Dann sah ich, wie Menschen aus den Baracken herausliefen, nackt. Es war so kalt in dieser Nacht. Warum waren sie nackt? Ich mußte einen dicken Mantel tragen, wenn es kalt war, damit ich mich nicht erkältete. Wieso waren sie alle nackt?

Sarah litt an Schlaflosigkeit. Nachts brannte immer Licht bei uns zu Hause. Als würde es das Dunkel vertreiben können. Die Nacht zum Tag werden lassen. Sie konnte die Dunkelheit nicht ertragen. Und die Stille. Sie telefonierte bis spät in den Abend mit Freundinnen, ließ den Fernseher laut laufen, legte Musik auf – nur keine Stille. Mich begleiteten diese Geräusche. Nie war es still, wenn ich schlafen ging, nie, wenn ich in der Nacht aufwachte. Erst wenn es Morgen wurde, schlief sie ein.

Als ich älter wurde, merkte ich, daß sie Schlaftabletten nahm. Tagsüber wieder Tabletten. Gegen die ständigen Kopfschmerzen. Ihr Kopf ließ sie nicht los. Ihre Gedanken schmerzten. Ihre Erinnerungen quälten sie. Und doch war sie immer gütig, unendlich geduldig, aufmerksam gegenüber jedem. Ich bemerkte, wie ihre Hände zitterten, wenn ihr Fremde begegneten. Sie hatte Angst. Seit ich mich an deine Großmutter erinnern kann, mein Kind, hatte sie Angst. Als wir nach Deutschland zogen – ich war zehn Jahre alt, als wir Paris verlassen haben –, wurde ihre Angst stärker. Sie brauchte noch mehr Tabletten. Und ich hatte noch öfter jenen Alptraum.

6

Kann ich dich einen Augenblick mit deinem Schlaf allein lassen? Ich habe Durst. Ich gehe in die Küche. Schalte Licht ein. Die Küche ist immer noch mein Lieblingsplatz. Kein Raum vermittelt so viel Wärme, Nähe, Familiengefühl wie eine Küche. Ariel, Sarah und ich saßen immer in der Küche. Abends kochte dein Großvater. Das Kochen beruhigte ihn. Er liebte es, zu essen. Essen war Leben.

Bevor ein Dicker vor Hunger abmagert, ist der Dünne schon ein Skelett, sagte er, während er kochte. Sein Gesicht strahlte eine große Ruhe aus, wenn er am Herd hantierte. Er liebte es, Soßen zu bereiten, mischte die unmöglichsten Gewürze, hier noch ein Schuß Sahne, dort noch ein bißchen Paprika. Meine Mutter floh jedesmal aus der Küche, wenn er arbeitete. Ich saß am Küchentisch und beobachtete ihn. Es waren diese Momente, in denen er ganz friedlich wirkte. So wie jeder andere Mensch auch. Er freute sich, daß er seiner Familie zu essen gab, sie buchstäblich ernährte.

Das schönste aber war nicht das Essen, sondern wie wir miteinander saßen und unendlich lange sprachen. So schweigsam mein Vater mit Fremden war, so beredt war er mit seiner kleinen Familie. So beredt meine Mutter mit Fremden war, so plapperte sie auch mit uns. Stundenlang unterhielten wir uns. Wir stritten über alles und nichts. Es ging darum, daß wir unsere Stimmen hörten, daß wir uns das Gefühl von Nähe, von Liebe, von Leben gaben.

Eines Abends, ich war sechs Jahre alt, fragte mich mein Vater, ob ich mit ihm philosophieren wolle.

Was ist Philosophie? fragte ich zurück.

Ariel schaute mich einen Augenblick an und sagte: Denken.

Ich sah ihn dümmlich an. Er merkte, daß ich immer noch nicht verstand. Philosophieren heißt Fragen. Zweifeln. Alles in Frage stellen, was du bisher gelernt hast. Und was du in Zukunft lernen wirst.

Warum soll ich dann überhaupt etwas lernen, wenn es doch nicht stimmt?

Ich habe nicht gesagt, daß das, was du lernst, nicht stimmt. Ich habe nur gesagt, daß das, was wir für richtig halten, nicht stimmen könnte. Weil wir heute noch nicht wissen, was Menschen schon morgen wissen werden. Weil die Tatsache, daß wir etwas nicht verstehen, nicht heißt, daß der Mensch es nie verstehen wird. Weil Wissen und Verstehen nicht dasselbe sind. In der Schule lernst du, daß eins und eins zwei ist. Aber eins und eins kann auch drei sein. Das eine ist die Naturwissenschaft, das andere ist das Leben. Und daß beides stimmen kann, ist Philosophie.

Ich war vollkommen verwirrt. Hatten sie mir nicht die ganze Zeit etwas beibringen wollen, was ich zwar nicht verstand, aber als richtig betrachtete, weil sie, die Erwachsenen, es als richtig ansahen, und nun sollte ich plötzlich so tun, als ob alles doch falsch sei? Andererseits spürte ich eine tiefe Erregung. Gerade weil ich vieles nicht verstand, hatte ich mich oft geärgert, daß auf die Frage, warum denn die Dinge seien, wie sie sind, die Erwachsenen mir regelmäßig antworteten: Darum, oder weil es schon immer so war. Mir gefiel dieses neue Spiel sofort, und ich sagte zu Ariel:

Jeden Abend eine Philosophiestunde.

Es wurden Tausende Stunden, Woche für Woche, Monat für Monat, Jahr für Jahr. Wir stritten über Gott, die Gerechtigkeit, den Sinn des Lebens, über Diktatur, über Freiheit und Anarchie, über Wahrhaftigkeit und Wahrheit, über Gesetz und Strafe. Die Liste wurde immer länger. Ich lernte, daß es keine Wahrheit gab, sondern nur die Wahrnehmung von Wahrheit. Ich lernte, mißtrauisch zu werden, wenn Menschen behaupteten, recht zu haben. Wenn politische Konzepte beanspruchten, die Menschheit glücklich machen zu können. Ich lernte, den Verstand zu schätzen. Begreifen. Lernen. Sich immer wieder zu befragen, zu hinterfragen. Sich nicht mit einer gefundenen Antwort zu begnügen. Dem Glauben zutiefst zu mißtrauen. Glauben war Faulheit. Die Faulheit, sich der Anstrengung des nächsten Schrittes, des Denkens, zu unterziehen.

Den schlimmsten Streit hatten Vater und ich über die Religion. Ich war fünfzehn, meine Bar Mizwah lag bereits zwei Jahre hinter mir. Ariel bestand darauf, daß ich jede Woche zum Religionsunterricht ging. Ich schwänzte regelmäßig, und als er das herausfand, wurde er so wütend, wie ich ihn selten erlebt hatte.

Ich gehe nicht mehr zum Unterricht, sagte ich an unserem Küchentisch.

Du gehst, sagte Ariel.

Das ist kein Argument, erwiderte ich trotzig, ich glaube nicht an Gott und du auch nicht.

Ob ich an Gott glaube oder nicht, steht hier nicht zur Debatte. Und ob du an ihn glaubst, auch nicht. Religion hat mit Gott nichts zu tun.

Aber wenn Gott und Religion nichts miteinander zu tun haben, warum soll ich dann lernen?

Weil du Antworten haben mußt. Weil du wissen mußt. Weil du verstehen mußt. Was du dann damit anfängst, ist deine Sache. Aber ich will, daß du weißt, warum du dich entscheidest. Nur wenn du mehr weißt, als die anderen wissen, wirst du deinen Weg gehen. Wie oft soll ich dir das noch sagen. Du mußt klüger sein, du mußt dich mehr anstrengen. Du mußt dem Rabbiner erklären, warum du zweifelst.

Aber Religion erlaubt keinen Zweifel. Religion ist Glaube. Und Glaube verträgt keine Fragen. Er verlangt Gehorsam.

Ich will, daß du weißt, was Judentum ist, seine Stimme wurde lauter, das schuldest du den Toten.

Ich schulde den Toten gar nichts, schrie ich zurück.

Es wurde ganz still in unserer Küche. Er schaute mich lange an. Dann plötzlich schlug er mir ins Gesicht. Es war das erste und einzige Mal.

7

Ich öffnete den Kühlschrank und holte die Milch für den Kaffee heraus. Draußen war es still. Auch ich habe begonnen, mit dir über Philosophie zu sprechen, mein Kind. Deine Antworten und deine Gedanken überraschen mich immer wieder. Manchmal habe ich den Eindruck, daß ich von dir mehr lernen kann als du von mir. Deine Naivität, deine Offenheit machen mir deutlich, wie verhärtet ich war. Bedeutet Erwachsenwerden, nichts mehr zu wissen, weil man glaubt, viel zu wissen? Reden wir uns ein, die Dinge zu verstehen, nur weil wir älter sind? Erfahrungen gesammelt haben? Aber wenn Älterwerden bedeutet, klüger zu sein, warum sind es dann immer die Erwachsenen, die das Unglück, das Böse erfinden? Kinder werden nicht als Rassisten, als Antisemiten, als Schläger oder Verbrecher geboren. Wir machen sie zu alldem. Hilf mir, hilf mir, mein Kind, daß ich dich zu einem liebenden Menschen mache.

Deine Großmutter Sarah sehnte sich nach Liebe. Sie verwöhnte alle Menschen, die sie kannte. Machte jedem kleine Geschenke, war aufmerksam, konnte stundenlang zuhören. Versuchte Frieden zu stiften, wo Streit war. Sorgte für gute Stimmung. Machte Komplimente. Alles aus Angst.

Sarah war sechzehn, als sie aus ihrer friedlichen großbürgerlichen, naiven, kindlichen Welt herausgerissen wurde. Aus der verwöhnten Tochter wurde eine junge Frau, die eine andere Welt entdeckte. In einem entsetzlichen, gnadenlosen Schnellkurs. Sie lernte Hunger, Entbehrung und Gewalt kennen. Tägliche Gewalt. Sie sah, wie Menschen sich über Nacht veränderten, wie aus ihren Krakówer Freunden Feinde wurden. Daß Verrat genauso zum Leben gehörte wie Treue. Wie

Freundinnen sie fallenließen, weil sie plötzlich zu den Falschen gehörte. Wie sie wie Vieh gebrandmarkt wurde.

Warum kann ich nicht mehr in die Stadt ins Kino gehen? fragte sie Lea, ihre ältere Schwester.

Weil du Jüdin bist.

Aber das bin ich doch, seit ich lebe.

Ich kann auch nicht mehr ins Konservatorium und Geige spielen lernen, sagte Lea.

Sarah vergötterte Lea. Sie war nicht nur die ältere Schwester. Sie war auch die schönere. Und sie war eine begnadete Geigerin.

Was haben wir den Deutschen getan? fragte Sarah

Wir leben.

Wir leben?

Die Deutschen verzeihen uns nicht, daß wir leben.

Das heißt aber, daß sie erst Ruhe geben werden, wenn wir nicht mehr leben.

Du bist klüger, als ich dachte, erwiderte Lea.

Warum wehren wir uns nicht? fragte Sarah.

Wir haben es nicht gelernt.

Aber in Massada haben wir uns doch auch gewehrt, als die Römer uns vernichten wollten.

Das ist fast zweitausend Jahre her. Seitdem haben wir es mehr und mehr vergessen. In diesem verfluchten Europa haben wir es verlernt, Jahrhundert für Jahrhundert. Haben uns zu Sklaven machen lassen. Wir sind und werden an allem schuld haben, was auf dieser Welt geschieht. Sie stecken uns in Ghettos, schlagen uns, ermorden uns und waschen ihre blutigen Hände in Unschuld. Und jetzt sind es die Deutschen. Nein, die Deutschen haben den Judenhaß nicht erfunden.

Sie machte eine lange Pause und fuhr dann fort: Sie werden einen Weg finden, uns alle umzubringen.

Am nächsten Morgen erhielt Sarahs Familie die Nachricht, daß sie ins Ghetto umziehen mußte.

Sarah, Lea und ihre drei Brüder zogen mit ihren Eltern in eine kleine Wohnung. Ihr Leben veränderte sich endgültig. Sie betraten den Vorhof der Hölle und ahnten nicht, daß die Zukunft noch Schlimmeres für sie bereithielt.

Ich sah deine Großmutter Sarah oft weinen, mein Kind. Ich wollte sie dann in meine Arme nehmen, sie beschützen. Doch ich war auch wütend und schämte mich für sie. Wie konnte sie nur so schwach sein? Denen, die ihr das alles angetan haben, immer noch ängstlich und eingeschüchtert begegnen? Wo war ihr Stolz geblieben? Hatten sie sie am Ende doch besiegt?

Glaubte sie wirklich, sie könne sich eine künstliche Welt aufbauen, indem sie versuchte, alle mit ihrer Liebe und Güte zu bestechen? Hatte sie denn nichts gelernt? Daß Menschen vergessen, wenn es opportun für sie ist? Ich stritt oft mit ihr. Ich wollte sie verändern. Ihr zeigen, daß man sich wehren müsse. Nicht zulassen dürfe, daß sie am Ende recht behielten. Dann schaute sie mich mit ihren traurigen Augen an, und ich wurde noch wütender.

8

Wir hätten nicht nach Deutschland kommen sollen, sagte Ariel. Es war wieder einer dieser Abende, an dem Freunde bei uns waren. Wir feierten das Pessach-Fest. Den Auszug der Juden aus Ägypten. Vor zweitausend Jahren. Schon damals verfolgt, für die Katastrophen und Krankheiten auf der Welt verantwortlich gemacht.

Wir konnten nicht anders, sagte Chaim, ein älterer Mann, kaum eins sechzig groß. Chaim war mit Ariel beim polnischen Militär gewesen. Ich mußte lächeln, wenn ich ihn mir in einer Uniform vorstellte. Mit einem Gewehr, das größer war als er selbst.

Warum nicht? fragte ich. Warum konntet ihr nicht anders?

Julien, sagte Sarah in einem Tonfall, der mich zum Schweigen bringen sollte.

Es hat sich so ergeben. Jeder hatte seinen eigenen Grund, sagte Ariel.

Ihr habt euch entschieden. Andere haben sich anders entschieden, sagte ich trotzig, ihr habt euch entschieden, obwohl fast alle, die hier lebten, schon während der Nazizeit hier gelebt haben. Polizisten, meine Lehrer, Richter, Nachbarn …

Julien! Wieder versuchte meine Mutter mich zu unterbrechen. Nicht, Julien.

Ich wurde laut: Hat Papa mir nicht beigebracht, daß der Mensch entscheidet? Und verantwortlich ist für seine Entscheidung? Hat er mich etwa nicht für meine Entscheidungen haftbar gemacht?

Ich erinnerte mich plötzlich an eine Geschichte, die mir Ariel erzählte, als ich mich an meinem zehnten Geburtstag nicht entscheiden konnte, welches Geschenk ich wollte.

Erinnerst du dich an die Geschichte von dem Rabbiner, Papa?

Welche Geschichte? fragte er ungeduldig.

Die Geschichte von Rabbiner Meiersohn. Er war ein alter, sehr frommer Rabbiner und lebte vor hundert Jahren in einem kleinen polnischen Dorf. Sein langer Bart war weiß, und er ging schon am Stock. Eines Tages, es war im Winter, begann es fürchterlich zu regnen. Am nächsten Morgen war Wasser in das Erdgeschoß seines kleinen Hauses eingedrungen. Ein Boot mit Mitgliedern seiner Gemeinde kam vorbei. Sie schrieen zu ihm herüber: Rebbe, Rebbe, steig in unser Boot, sonst wirst du ertrinken.

Der Rabbiner winkte ab, schaute in den Himmel und sagte: Keine Angst, der liebe Gott wird mir schon helfen.

Es regnete zwei weitere Tage, das Wasser stieg, und der Rabbiner mußte in den zweiten Stock seines Hauses. Wieder kam ein Boot vorbei, wieder schrieen die Menschen: Rebbe, Rebbe, du wirst ertrinken, komm in unser Boot.

Doch der Rabbiner winkte ab, schaute in den Himmel und sagte: Der liebe Gott wird mich schon retten.

Als es weitere drei Tage regnete, stieg der Rabbiner auf das Dach seines Hauses. Ein letztes Boot kam vorbei. Die letzten Juden seines Dorfes schrieen: Rebbe, Rebbe steig ein, du wirst sterben.

Doch der Rabbiner schaute in den Himmel und sagte: Der liebe Gott wird mir schon helfen.

Das Boot verschwand. Es regnete weiter. Das Wasser stand dem Rabbiner im wahrsten Sinne des Wortes bis zum Hals, er war kurz vor dem Ertrinken, da schaute er ein letztes Mal in den Himmel und sagte: Lieber Gott, ich habe dir doch vertraut, daß du mir helfen wirst.

Daraufhin antwortete Gott wütend: Dreimal habe ich dir Hilfe geschickt. Aber entscheiden mußt du selber.

Alle am Tisch hörten meiner Geschichte zu.

Und was willst du altkluger Kopf uns damit sagen? fragte Chaim.

Daß ihr euch entschieden habt, hier zu leben, und ihr euch belügt, wenn ihr sagt, daß es sich eben so ergeben hat. Der Mensch ist das einzige Lebewesen, das sich entscheiden kann. Und ihr übernehmt nicht die Verantwortung für diese Entscheidung. Wenn es falsch ist, hier zu leben, müssen wir gehen.

Wir sind zu alt, sagte Sarah.

Und ich bin zu jung, sagte ich.

So hat jeder seine Entschuldigung, sagte Ariel.

Dadurch wird es nicht besser, sagte ich.

Sarah begann zu weinen.

9

Kein Mensch kann vor sich und seiner Geschichte fliehen. Sie setzt sich fort, wird weitergegeben, von den Eltern auf die Kinder, von den Kindern auf die Enkelkinder. Und jeder Mensch erlebt, wie auch er sich nicht von dem eigenen Leben trennen kann. Das Leben und Sterben meiner Familie läßt mich nicht los, ob ich will oder nicht, mein Kind. Es begleitet mich, manchmal verfolgt es mich, selten läßt es mich ruhen. Erinnerung zu verdrängen ist unmöglich. Die Vergangenheit folgt mir. Geschichte ist immer auch Familiengeschichte. Unsere brach zusammen, als meine Großeltern, meine Tanten und Onkel getötet wurden.

Sarah und Ariel waren in meiner Geschichte wie Adam und Eva, nur daß sie nie im Paradies, dafür aber in der Hölle waren. Ich bin ihr Sohn. Du ihr Enkelsohn. Wir beginnen von vorn. Am Anfang war der Tag … War bei uns am Anfang die Nacht? Bin ich aus dem Nichts entstanden? Oder aus Verzweiflung darüber? Wie kann Liebe die Hölle überstehen? Sich retten? Ist Liebe nicht Hoffen? Worauf konnten deine Großeltern noch hoffen? Und ich? Worauf konnte ich hoffen? War dieses Gefühl nicht gefährlich? War Vertrauen nicht tödlich, naiv und dumm? Aber ein Leben voller Haß, Mißtrauen und Angst, konnte ein solches Leben lebenswert sein? Aushaltbar? Nur, wie sollte ich aushalten, daß das Leben meiner Eltern ein reiner Zufall der Geschichte war, und damit mein eigenes ein doppelter? Womit hatte also mein Leben begonnen – mit dem Tod oder der Liebe? Und spielt dies überhaupt eine Rolle?

Mein Name jedenfalls war der Name des Vaters meines Vaters. Julien, auf jiddisch: Jeschua. Er war vor Ariels Augen ermordet worden. Bei einer Razzia im Ghetto. Vor den Augen seines eigenen Sohnes. Aber in der jiddischen Tradition gibt man den Kindern die Namen der Verstorbenen. Damit an die Toten gedacht wird. Solange man an sie denkt, sich erinnert, sind sie nicht endgültig gestorben. Welch eine hilflose Behauptung. Wir streben alle nach Unsterblichkeit. Kein Mensch erträgt, daß sein Tod das wirkliche Ende allen Seins bedeutet. Deshalb wurden Religionen erfunden, die Gebäude des philosophischen Denkens erbaut. Jeder Künstler, jeder Wissenschaftler hofft in seiner Arbeit weiterzuleben. Unsterblich sein, unvergessen sein, irgendeinen Sinn im eigenen Leben entdecken. Vielleicht zeugen wir deshalb auch Kinder, damit unsere Familiengeschichten, die wir der nächsten Generation weitergeben, fortbestehen. Erzähl, sprich über die, die nicht mehr leben. Sich in seinen Kindern wiederzuerkennen, widerzuspiegeln, alles nur, um nicht sterblich zu sein? Wo sind die eineinhalb Millionen ermordeten jüdischen Kinder? Wie soll sich ihre Erinnerung fortsetzen? Wer wird ihre und die Geschichten ihrer Familien erzählen?

Ja, mein Kind, ich bin wütend, traurig. Ich verstehe die sinnlose Gewalt nicht. Du magst über mich lachen, aber immer noch hoffe ich, daß dies vermeidbar, veränderbar ist. Nein, ich bestehe sogar darauf. Ich bestehe auf der Verantwortung eines jeden einzelnen für sein Handeln, seine Leistungen und seine Fehler. Nichts auf dieser Welt muß so sein, wie es war und wurde. Wir wissen, was um uns herum passiert. Um wegzusehen, muß man gesehen haben. Und sich entscheiden, die Augen vor dem Gesehenen zu verschließen. Wer sich taub stellt, hat sich dafür entschieden. Wer schweigt, hat sich entschieden mitzumachen.

Ariel hatte mir erzählt, daß, als er in den sechziger Jahren nach Deutschland kam, jeder, der merkte, daß er Jude war, sofort sagte: Auschwitz habe ich nicht gewollt.

Ich habe ihnen sogar geglaubt, sagte Ariel zu mir, aber was sollte das schon heißen, daß man Auschwitz nicht gewollt habe? Reichte denn nicht, was vor Auschwitz passierte, um aufzuschreien? Wann begann die Ermordung von Menschen? In den Konzentrationslagern? Oder begann die Ermordung von Menschen, als sie von Lokomotivführern und Bahnbeamten in Zügen der deutschen Reichsbahn in die KZ transportiert wurden? Oder als 1942 die Endlösung in der Wannseekonferenz beschlossen wurde? Oder als im November 1938 die Synagogen in den Städten und Dörfern angezündet wurden? Oder als 1935 die Nürnberger Rassegesetze erlassen wurden, Ehen geschieden und Geschäfte arisiert wurden? Wann, verdammt noch einmal, begann die Ermordung all dieser Menschen? Und heute? Haben wir uns nicht wieder an den Tod, die Ermordung unschuldiger Menschen gewöhnt? Haben sich unsere Maßstäbe den Ereignissen angepaßt? Schrei, Julien, wenn du Ungerechtigkeit siehst, schau nicht weg, höre zu, wenn Menschen Menschen verachten, und schrei sofort auf, Julien, warte nicht, wäge nicht ab. Schrei.

10

Unsere Eltern sind in uns. Auch wenn wir ein ganzes Leben lang dagegen ankämpfen. Wir wollen sie abschütteln, anders sein, ihre Geschichte nicht in uns weiterleben lassen. Etwas ändern. Den Zyklus unterbrechen. Irgend etwas tun, das den Kreislauf stoppt. Wollen ausbrechen aus unserer Biographie. Hilflos, und meist chancenlos.

Deine Großeltern, mein Kind, konnten nicht aus ihrem Leben ausbrechen. Wer kann das schon. Zu kurz war ihre Kindheit, ihre Jugend. Und was auch immer daran schön gewesen sein mag, war mit Blut, Gewalt und Tod beendet worden. Und sie hatten furchtbare Schuldgefühle. Wenn Sarah von ihrer Schwester Lea, der Geigerin, erzählte, begann sie jedesmal zu weinen. Wann immer deine Großeltern von der Familie sprachen, wurde geweint.

Warum habe ich überlebt und nicht Lea? fragte Sarah immer wieder. Lea war so schön, so begabt. Du hättest sie spielen hören sollen, Julien.

Aber wenn Lea überlebt hätte, antwortete ich, wäre ich doch nicht auf der Welt.

Dann lächelte Sarah, nahm mich in den Arm, streichelte meinen Kopf und sagte: Ach, mein kleines süßes Kind.

Sie waren ständig unter uns, die vielen Toten. Geister, die kein Gesicht mehr hatten. Nicht einmal Fotos, wie bei normalen Toten, waren vorhanden. Ich wußte nicht, wie sie aussahen, die Leas, Mojches, Jankels. Ihre Gesichter waren leere Höhlen. Beängstigende Gestalten ohne Augen. Was mir am meisten fehlte, waren die Augen all dieser Menschen, die meine Familie waren. Wenn ich als Junge von ihnen träumte, fürchtete ich mich vor diesen augenlosen Gesichtern.

Wir versuchten, ein normales Leben zu leben. Aßen unsere Mahlzeiten, Ariel ging arbeiten, Sarah kaufte ein, wir saßen vor dem Fernseher, Feste wurden gefeiert, Wohnungen eingerichtet, Autos gekauft, Krankheiten kuriert, Klatschgeschichten erzählt. Wir wurden älter, das Leben drehte sich, wie die Erde, um sich selbst. Und doch, was auch immer passierte, es gab nur wenige Momente, in denen die Geister uns ruhen ließen.

Auch ich wollte mich manchmal ausruhen, vergessen. Wie die anderen. Die, die keine Geschichte des Todes in ihrem Lebensgepäck schleppen mußten.

Es funktionierte nicht.

Die Geister waren stärker.

Wir richteten uns also ein. Deine Großeltern und ich. Suchten nach Tapeten für unsere brüchigen Lebenswände. Nach Farbe, die uns erhellte. Nach Vorhängen, Wänden, die uns vor neugierigen Blicken schützten. Wir versuchten, in unserer kleinen Welt von vorn anzufangen. Als wäre nichts geschehen. Und je stärker wir dies versuchten, desto mehr holte uns das Leben ein. Es gibt keine Stunde Null. Weder für Täter noch für Opfer. Kein Mensch kann von vorn anfangen. Sein Leben ist die Fortsetzung vieler anderer Leben, es fließt in einem immerwährenden Strom. Wenn wir Glück haben, werden wir mit einem kurzen Augenblick des Friedens beschenkt, in der Unendlichkeit des Kampfes, der das Leben ist.

Wir versuchten, uns kleine Inseln des Glücks zu bauen. Rituale, die helfen sollten, Trauer und Angst zu verscheuchen. Jeden Samstagnachmittag legten wir uns ins Bett, wärmten uns und erzählten uns die Geschichten, die wir während der vergangenen Woche erlebt hatten. Ich lag in der Mitte, umrahmt von Ariel und Sarah. Ariel schlief schnell ein. Ich liebte es zu hören, wie er schnarchte. Sarah stand dann auf und telefonierte mit ihren Freundinnen. Ihre Stimme und das Schnarchen umhüllten mich.

Sonntag war Restauranttag. Nur Ariel und ich. Ich zog mir einen Anzug an, obwohl ich noch klein war. Und Ariel band mir eine seiner Krawatten um den Hals. Stolz betrat ich mit ihm das Café, wo er mit seinen Freunden verabredet war. Es war eines dieser alten Kaffeehäuser mit großen Kristalleuchtern und hohen Decken. Wenn man den Raum betrat, hing ein Geruch aus Kaffee, Konditorei und Küche in der Luft. Alte runde Tische mit bequemen Sesseln. Eine wunderbare, alterslose Kellnerin nahm die Bestellung auf.

Dann kam der große Moment, auf den ich die ganze Woche gewartet hatte. Die Wunderformel, wenn Ariel sagte: Ein Wiener Schnitzel mit Pommes frites für meinen Sohn.

Die Kellnerin schrieb die Bestellung auf, und ich fügte, wie jeden Sonntag, hinzu: Und eine Coca-Cola.

Alle lächelten mich an. Ich war stolz, mit den Männern sitzen, ihre Gespräche mit anhören zu dürfen wie ein Erwachsener. Ariel war in diesen Stunden glücklich. Er lächelte mich an und freute sich. Ich spürte, wie stolz auch er war. Das Leben meinte es für einige Momente gut mit ihm. Ich hätte alles getan, damit er glücklich war. Ich hätte alles versucht, damit er vergessen könnte.

Ich hätte mein Leben dafür gegeben.

Ich habe mein Leben gegeben.

Es dauerte lange, bis ich lernte, daß man nicht das Leben eines anderen Menschen leben kann. Und daß Traurigkeit, ewige Traurigkeit, eine furchtbare Krankheit ist.

11

In ein paar Stunden wirst du aufwachen, mein Kind.

Dein Leben, dein Atmen, dein Lächeln, deine Stimme, dein Geruch ist für mich, als wäre die ganze Welt darin enthalten. Als ob dein Leben die Unendlichkeit beweist. Jeder Mensch ist ein Beweis für den Sinn der Ewigkeit. Einzigartig. Ausschließlich. Unverwechselbar. Will ich mir dies einreden, um mein eigenes Leben zu ertragen? All die Qualen und Prüfungen, all die Herausforderungen und Leiden. Wenn ich dich beim Spielen beobachte, wenn du gedankenverloren in deinem Zimmer sitzt, frage ich mich, mit wem du sprichst. Wer dich begleitet. Wieviel wußtest du, als du auf diese Welt kamst? Mehr als heute? Verlierst du mit jedem Tag auf dieser Erde dein Wissen, oder wirst du klüger? Kann ich dir wirklich etwas beibringen?

Ich wollte nicht, daß du auf diese Welt kommst. Ich hatte Angst vor dir. Um dich. Angst, miterleben zu müssen, wie du dich verwandelst. Deine Seele veränderst. Dinge erfährst, vor denen ich dich nicht schützen könnte. Hatte Angst, daß das Schicksal auch dein Leben beherrschen würde und nicht ich oder eines Tages du selbst. Wer fragt uns schon, ob wir leben wollen? Und wer wird dich eines Tages fragen, wann und wie du sterben willst? Woher sollen wir den Glauben nehmen, daß wir dieses Leben selbst gestalten können?

Wieviel ich dir noch erzählen möchte, mein Kind. Die Dinge, die Menschen nicht auszusprechen wagen. Das Schweigen, das erdrückende Schweigen will ich mit dir überwinden. Mein Schweigen.

Ariel und Sarah tanzten. Meine Bar Mizwah. Bald werde ich auch dich zu deiner Feier führen, so wie Sarah und Ariel mich begleitet haben. Dreizehn Jahre. Ich fühlte mich endlich erwachsen. Als vollwertiger Mann in die Religionsgemeinschaft aufgenommen.

Meine Feier. Nicht irgendein Geburtstag. Überall wurde gelacht, gesprochen und gesungen. Der Saal war dekoriert, Blumen auf allen Tischen. Bunte Scheinwerfer tauchten den Saal abwechselnd in rotes, gelbes und blaues Licht. Ich saß am Familientisch. Ohne Familie. Chaim, der kleine Chaim, der Freund von Ariel, war mein Tischnachbar. Mein Ersatzonkel.

Eine schöne Uhr, sagte er.

Von Papa, erwiderte ich stolz.

Er hat sie getragen, seit wir wieder lebten.

Ich weiß. Papa hat gesagt, daß ich sie jetzt tragen soll, bis eines Tages mein Sohn sie bekommen wird.

Da hast du noch ein bißchen Zeit, lachte Chaim.

Er goß sich ein Glas Wodka ein, erhob das Glas und sagte mit ernstem Gesicht: Lechajim, auf dein Leben, Julien. Glücklich sollst du sein. Und nie soll dich jemand als Jude beschimpfen. Denke daran, daß du ein stolzer Mensch sein sollst. Stolz und unabhängig.

Er trank das Glas in einem Zug aus.

Ich schaute auf die Tanzfläche. Eine kleine Band spielte chassidische Musik. Chora. Alle drehten sich im Kreis. Meine Eltern strahlten. Es machte mich glücklich, sie glücklich zu sehen. Manchmal dachte ich, daß das meine Lebensaufgabe ist. Ihnen das Glück zu bringen. Ihnen Geschichten aus meinem Leben zu erzählen, damit sie ihre zerstörte Kindheit und Jugend leben konnten. Chaim tanzte jetzt mit meinem Vater. Sie drehten sich miteinander im Kreis und schrieen verzückt dabei. Sarah beobachtete sie. Für einen kurzen Augenblick schien es, als ob sie sich auf einem anderen Planeten befand, sich an etwas erinnerte. Als die

Musiker eine kurze Pause machten, kamen Ariel und Chaim zurück und setzten sich.

Sarah schaute mich an und sagte: Ich liebe dich, Julien. Ich liebe dich mehr als mein eigenes Leben.

Sie nahm mich in ihre Arme. Ich spürte ihre Tränen auf meiner Wange.

Warum weinst du? fragte ich.

Vor Glück und vor Stolz.

Erzähl mir von Tante Lea, sagte ich plötzlich, hat sie auch so eine Musik auf ihrer Geige gespielt?

Das Gesicht meiner Mutter veränderte sich, ihr Blick wurde weich und entrückt: Wenn Lea auf ihrer Geige spielte, war es, als würden die Engel selbst musizieren. Lea hob die Geige unter ihr Kinn, und alle schwiegen in Erwartung dieses Wunders. Dann schloß sie die Augen, prüfte ihr Instrument und strich über die Saiten. Wenn das Konzert zu Ende war, war sie schweißnaß.

Sarah machte eine Pause. Ich sah, daß ihre Augen sich mit Tränen füllten. Die Musiker hatten wieder zu spielen begonnen. Chaim tanzte mit seiner Frau, die zwei Köpfe größer war als er, einen Tango. Er schmiegte seinen Kopf an ihren Busen. Ich liebte diese exotischen Melodien.

Komm, wir gehen raus, unterbrach mich meine Mutter, es ist Zeit, daß ich dir etwas über Tante Lea erzähle. Ihre Stimme hatte sich verändert. Sie war rauher geworden.

12

Sarah zündete sich eine Zigarette an. Langsam blies sie den Rauch aus. Ich hörte die Musik aus dem Saal. Gelächter. Der Raum war kalt, die Möbel nüchtern. Typische Hoteleinrichtung. Ein Sofa, zwei Sessel, eine Lithographie an der Wand.

Lea spielte einmal in der Woche. Sie gab Konzerte. Was für ein lächerliches Wort für unser Leben im Ghetto: Konzerte. Es kamen immer zwischen dreißig und fünfzig Menschen in die Versammlungshalle. Sie trugen alte, stinkende Kleidung, sahen müde und abgemagert aus, aber sie kamen. Sie wollten Musik hören. Sich erinnern, wie das Leben früher war. Vor der Zeit des Bösen. Musik. Von Menschen erfunden. Bach und Beethoven, sie waren doch auch Deutsche. Wie die Nazis.

Wenn Lea spielte, hielt sie die Augen geschlossen und vergaß ebenso wie wir, die ihr zuhörten, daß wir Hunger hatten, daß man uns schlug, daß man uns demütigte, daß wir nicht mehr dazugehören, keine Menschen mehr sein durften.

Ich war so stolz auf Lea. Meine Schwester konnte Menschen Freude bringen. Sie daran erinnern, wie schön das Leben war. Sie verzaubern. Sie zum Träumen bringen. Auch in der Hölle träumt man. Wenn auch nur für Augenblicke. Aber diese Augenblicke geben wieder Kraft für die nächsten Minuten, Stunden und Tage. Die Kraft, auszuhalten, durchzuhalten, weiterzumachen. Ich saß immer in der letzten Reihe. Hörte und schaute zu. Lea und den Menschen. Und ich war glücklich.

Es war schon dunkel geworden an diesem Tag, als das Konzert endete. Alle wollten schnell nach Hause. Lea packte ihre

Geige ein, zog ihren Mantel an. Wir waren erst wenige Schritte gegangen, als eine Stimme, kalt und schneidend, rief:

Stehenbleiben!

Er hatte schöne Augen. Blau, wie Kristall. Selbst in der Dunkelheit konnte man sie sehen. Er war groß und schlank. Auf der linken Wange hatte er eine Narbe. Sein Haar war wellig und dunkelblond.

Wie heißt du? fragte er.

Lea. Und das ist meine Schwester Sarah.

Hast du eben gespielt?

Ja, antwortete Lea.

Du spielst gut. Für eine Jüdin sehr gut.

Meine Angst wuchs. Was wollte dieser Mann von uns?

Du wirst jeden Donnerstag zur Kommandantur kommen und nach Obersturmbannführer Martin Brücker fragen. Und mir vorspielen. Hast du verstanden? schrie er uns an. Dann verschwand er im Dunkeln.

Das Glück ist ein kurzer Besuch im Ghetto.

Nach zwei Tagen schickte Obersturmbannführer Martin Brücker zwei Aufseher, um Lea abzuholen. Sie solle ihre Geige mitnehmen, sagten sie. Lea verließ die Wohnung, und wir starben beinahe vor Angst. Brücker galt als jähzornig, kalt und ehrgeizig.

Es wurde Abend. Lea war noch nicht zurückgekehrt. Als sie endlich wieder zurückkam, wirkte sie verstört. Sie sprach nicht mit uns. Legte sich sofort in ihr Bett.

Dieses Ritual wiederholte sich einmal in der Woche. Jeden Donnerstag. Es kamen zwei Uniformierte, Lea nahm ihre Geige und kam erst spätabends zurück. Sie veränderte sich. Ihr Lachen verschwand, ihre Fröhlichkeit verblaßte. Unsere Angst um sie wuchs. Was geschah, wenn Lea bei Brücker war? Wie behandelte er sie? Die schlimmsten Phantasien geisterten in unseren Köpfen. Sie war ihm ausgeliefert. Auf Leben und Tod. Ein falsches Wort, ein falscher Blick, eine falsche Reaktion konnten im Ghetto den

Tod bedeuten. Wir waren Entrechtete. Es gab keine Gesetze, keine Gerechtigkeit. Die Nazis entschieden, ob du lebtest oder starbst. Es gibt Zeiten auf der Welt, in denen ein Mensch nichts mehr wert ist. Es gab nie eine Zeit auf dieser Welt, in der es nicht irgendeinen Ort gab, wo dies so war.

Der Welt war es egal, was mit uns passierte. Und Gott? Gott war es auch egal, was mit uns passierte. Scheißegal. Er schaute ruhig zu, wenn jüdische Kinder geschlachtet und Männer und Frauen zu Tode gequält wurden.

Nur nicht auffallen, kein Gesicht bekommen, keinen Namen, keine Geschichte. Das war die einzige Chance im Ghetto. Doch Lea hatte nun eine Identität: Sie war Brükker aufgefallen.

Am vierten Donnerstag kam Lea nach Hause, setzte sich an unseren Eßtisch und weinte. Ich nahm sie in meine Arme und hielt sie fest. Ihre rechte Wange war gerötet. An ihren Oberarmen waren blaue Flecken. Ich wagte nicht, sie zu fragen, was passiert war.

Er kann uns jederzeit töten, sagte sie mit leiser Stimme, wenn ich nicht tue, was er will, kann er alle töten. Mama, Papa, dich, alle.

Dann weinte sie wieder, so sehr, daß sich ihr ganzer Körper schüttelte.

Du mußt doch nur für ihn spielen, sagte ich, das ist doch nicht so schlimm, Lea. Mach einfach die Augen zu, denk an etwas Schönes und spiele.

Sie schaute mich mit traurigen Augen an. Dann stand sie auf und ging schlafen.

Die Wochen vergingen. Ich hatte unser Gespräch vergessen. Nein, ich wollte vergessen, verdrängen. An manchen Donnerstagen brachte Lea Essen mit. Wieder wagten wir nicht, sie zu fragen.

Im Innersten deiner Seele weißt du, daß Gefahr droht, Julien. Du ahnst die Dinge, bevor du von ihnen erfährst.

Lea und ich schliefen in einem Bett. Eines Nachts spürte ich eine warme, klebrige Flüssigkeit auf dem Bettlaken. Ich erschrak und zündete eine Kerze an. Lea schlief. Blut. Ihre Oberschenkel waren von blauen Flecken und Kratzern übersät. Sie blutete aus ihrer Scham. Was machte dieser verfluchte Deutsche mit meiner Schwester?

Schweigen. Man möchte über etwas sprechen, es hinausschreien, Fragen stellen und schweigt trotzdem. Wie sollte ich mit Lea über etwas sprechen, wovor sie Angst hatte und ich auch. Also schwiegen wir. Und dann zwingt dich das Leben doch, die Augen aufzumachen, das Verdrängte anzusehen. Meist ist es dann zu spät.

Die Razzia begann um sechs Uhr früh. Wir lagen noch im Bett. Die Tür wurde aufgerissen. Uniformierte stürzten in unsere Wohnung. Ich hörte, wie Geschirr auf den Boden fiel, Möbel umgeworfen wurden. Sie jagten uns aus den Betten. Wir standen im Schlafanzug im Wohnzimmer. Brücker stellte sich vor unseren Vater. Dann schlug er ihn mit der Faust.

Na, Itzig. Du stinkender Itzig.

Wieder schlug er ihn.

Nein, schrie Lea, nein.

Brücker schaute sie abschätzig an:

Halt den Mund, du Judenfotze.

Sie haben es mir versprochen, schrie sie, Sie haben mir versprochen, daß Sie meine Familie in Ruhe lassen werden, wenn ich mit Ihnen schlafe.

Plötzlich wurde es totenstill. Die Soldaten sahen Brücker an.

Brücker ging langsam auf Lea zu und blieb dicht vor ihr stehen. Er zog seine Pistole aus der Halterung.

Und erschoß Lea.

Sarah weinte.

Warum erzählst du mir die Geschichte gerade heute? Auf meinem Fest? schrie ich meine Mutter an. Auch ich hatte angefangen zu weinen.

Warum verdirbst du mir alles?

Sarah schwieg. Dann sagte sie ruhig: Damit du weißt, was uns passiert ist. Wozu Menschen fähig sind. Und damit du es eines Tages deinen Kindern erzählst. Damit sie es auch wissen. Damit sie lernen, daß man trotzdem weiterleben kann. Weiterleben muß. Und Bar Mizwahs feiern kann. Feiern muß.

Deswegen erzähle ich dir die Geschichte von Lea, mein Kind. Dein Gesicht ist so friedlich, während du schläfst. So unschuldig. Ich werde dich kurz verlassen. Mir etwas zu essen holen. Ich bin hungrig geworden. Ich esse gern nachts. Deine Mutter hat mich deshalb immer geneckt, sich über meinen kleinen Bauchansatz lustig gemacht. Ich mache Licht. Öffne den Kühlschrank. Greife nach dem Käse. Gehe zum Toaster und lege zwei Scheiben Weißbrot hinein. Mit einem Satz springt das gebräunte Brot heraus. Ich schmiere den Brie dick darauf. Setze mich an den Tisch. Beiße hinein. Ich spüre den würzigen Geschmack und denke an den banalen Satz, daß das Leben weitergeht. Die Welt sich immer weiterdreht.

13

Wir waren nach der Bar Mizwah nach Hause gegangen. Sarah und Ariel hatten noch einen Tee gemacht. Zusammen saßen wir in unserer Küche und sprachen über das Fest. Ariel schien glücklich zu sein. Nur Sarah blickte traurig. Ob sie immer noch an Lea dachte?

Wir schwiegen. Ich schaute meine Eltern an. Warum konnten wir nicht einfach Glück erleben. Nur Glück. Das einfache dumme Glück, ohne die Last der Vergangenheit?

Sarah erhob sich.

Ich mache uns was zu essen, sagte sie.

Sie nahm eine Pfanne aus dem Schrank, öffnete den Kühlschrank. Unser Kühlschrank war immer überfüllt. Selbst zu Zeiten, wo wir nicht viel Geld hatten, war immer genug zu essen da. Sarah zwang mich zu essen.

Sie nahm Toastbrot, sechs Eier und Butter.

Der Geruch der gebratenen Eier vermischte sich mit dem des Käses, den sie in der Pfanne zerfließen ließ.

Unser erstes großes Familienfest, sagte Ariel.

Sarah konzentrierte sich auf ihre Kochkünste.

Wie war deine Bar Mizwah? fragte ich Ariel.

Er schaute mich an. Sein Blick veränderte sich, und ich bereute schon, gefragt zu haben.

Ich lebte in einem kleinen Dorf bei Kraków. Ein typisches Schtetl. Zwei Drittel der Einwohner waren fromme Juden. Meine Eltern hatten fast das ganze Dorf eingeladen. Dein Großvater, mein Vater, war Rabbiner der größten Synagoge. Schon am Freitagabend gab es ein kleines Buffet nach dem Gebet. Mein Vater war so stolz auf mich. Ich war der jüngste, sein letztes Kind, das Bar Mizwah haben würde.

Als wir nach Hause gingen, nahm er mich an die Hand und erzählte mir von seinem Fest. Ich konnte die ganze Nacht nicht schlafen. Am nächsten Morgen würde ich zum erstenmal vor der ganzen Gemeinde vorbeten müssen. Danach war ich ein vollwertiger Mann.

Am Samstagmorgen stand ich bei Sonnenaufgang auf. Meine Brüder und Schwestern liefen im Schlafanzug durch unser kleines Haus. Meine Mutter zog sich ihr schönstes Kleid an und setzte sich ihre Perücke auf, als sie mich sah.

Mein Bubele, sagte sie und gab mir einen Kuß.

Nenn mich nicht so, sagte ich.

Sie lächelte mich an: Du wirst immer ein Baby für mich bleiben, mein kleines Bubele.

Entnervt machte ich mich fertig. Die ganze Familie, meine sieben Geschwister, meine Eltern und ich liefen durch das Dorf zum Gebetshaus. Auf den Weg grüßten uns die Menschen.

Mazel Tov! riefen sie uns zu.

Vater ging selbstbewußt neben mir.

Das ganze Dorf wird heute in der Synagoge sein. Das ist dein großer Tag, Ariel.

Werden alle kommen? fragte ich.

Ich habe alle eingeladen.

Plötzlich lächelte er.

Ich muß dir eine Geschichte erzählen, Ariel. Das wird dich ablenken. Zu meiner Bar Mizwah hatte dein Großvater auch das ganze Dorf eingeladen. Nur Schmuel Matze war nicht auf der Gästeliste, weil er ihn immer beschimpfte. Am Abend wurde getanzt, gegessen, gelacht und getrunken. Alle waren gekommen, um mit uns zu feiern. Und siehe da, Schmuel Matze war auch da. Mein Vater war sehr verärgert, als er ihn sah.

Schmuel kam lächelnd auf ihn zu, als wäre nichts gewesen: Mazel Tov. Alles Gute für die ganze Familie!

Er umarmte meinen Vater und sprach mit ihm.

Was machst du hier, Schmuel? Du bist nicht eingeladen, brummte mein Vater in seinen Bart.

Das stimmt, lächelte ihn Schmuel an, aber wäre ich nicht gekommen, hätte das ganze Dorf gewußt, daß du mich nicht eingeladen hast. Die Schande wäre groß. So aber wissen es nur du und ich.

Wir waren am Gotteshaus angekommen. Vater versammelte uns alle um sich herum. Er segnete uns und sagte zu meiner Mutter: Danke Chana, danke für diese wunderbare Familie. Plötzlich verstummte Ariel.

Es sind alle tot.

In der Küche war es still. Furchtbar still. Ich saß auf meinem Stuhl. Sarah stand am Kühlschrank. Ariel lehnte sich auf den Tisch. Und da passierte es. Ich fing an zu schreien. Warf mich auf den Boden und schrie. Verkrampfte mich. Weinte. Dann erbrach ich mich. Der Fußboden war mit Erbrochenem besudelt. Es stank fürchterlich. Ich bekam keine Luft mehr.

Ich ersticke, schrie ich, ich ersticke.

Sarah stürzte sich auf mich. Hielt meinen stinkenden Kopf in ihren Händen.

Laß mich los! Ich stieß sie weg. Laß mich los. Ich kann diese Geschichten nicht mehr hören. Immer wieder Tod. Immer wieder Sterben.

Wieder erbrach ich mich.

Laßt mich leben. Laßt mich endlich leben. Erzählt mir vom Leben. Sprecht mit mir über das Leben, bitte.

Ich weinte hemmungslos.

Erzählt mir Märchen. Lügt mich an. Verschweigt mir die Wahrheit. Nur bitte sprecht nicht immer über den Tod.

Sarah beugte sich mit einem Handtuch über mein Gesicht. Sie versuchte mich sauberzumachen. Ich rang weiter nach Luft. Frische Luft. Unvergiftete Luft. Sauerstoff. Hilfe. Ich ersticke. Ich ersticke an dem Verwesungsgeruch der Erinnerung und der Hoffnungslosigkeit.

14

Menschen sind einsam. Deine Großeltern waren so furchtbar, so elend einsam, mein Kind. Sarah hielt diese Einsamkeit nicht aus. Sie litt darunter wie ein Tier. Sie krepierte am Leben. An ihrem Leben. Und verdeckte dies mit einem Lächeln. Immer lächelte sie. Sie hatte Angst vor Menschen. Angst vor dem, wozu sie fähig sind. Und vertuschte es, indem sie sich mit ihnen umgab. Sie telefonierte, sie korrespondierte, sie verabredete sich, sie tat alles, um nicht allein zu sein. Sie umschmeichelte ihre Umgebung. Sie machte Geschenke, selbst Fremden. In unserem Viertel war sie dafür bekannt. Dem Lebensmittelhändler, dem Blumenverkäufer, dem Apotheker, dem Schuster, dem Wäschemann, dem Zeitungsverkäufer, dem Fischhändler, dem Metzger, dem Hausmeister, jedem brachte sie eine Aufmerksamkeit mit, jedem erzählte sie eine Anekdote, jedem versuchte sie einen Gefallen zu tun, hörte sich die Sorgen an. Zu Hause telefonierte sie mit ihren Freunden, stundenlang. Nachmittags ging sie ins Kaffeehaus. Abends telefonierte sie wieder. Nur keine Stille. Wenn alle schliefen, schrieb sie Briefe. In die ganze Welt. Morgens, wenn der Briefträger ihr die Post brachte, leuchteten ihre Augen. Und sie belohnte ihn mit einer Tafel Schokolode oder Pralinen. Jeden Morgen. Sie glaubte, wenn sie nicht allein war, sei ihre Einsamkeit leichter zu ertragen.

Ich konnte es nicht ertragen, mit anzusehen, wie sie litt. Ich litt mit ihr, neben ihr, an ihrer Statt. Wenn sie weinte, liefen auch mir die Tränen herab. Wenn sie traurig war, war ich es auch. Wenn sie verstummte, war ich wütend. Wütend auf diese Welt. Eine Welt, die sich drehte, egal, was passiert.

47

Auf den Tag folgt die Nacht. Auf die Nacht der Tag. Sommer, Herbst, Winter, Frühling und wieder Sommer. Ob die Menschen lachen oder weinen, ob Menschen gesund sind oder krank. Ob Kinder geboren werden oder Alte sterben. Ob Frieden herrscht oder Krieg. Die Erde dreht sich weiter. Wie konnte ich Sarah trösten? Wie konnte man überhaupt jemanden trösten? Was sollte ich ihr sagen? Was tun, um sie zu überzeugen, daß das Leben lebenswert war? Daß das Leben schön war? Daß das Leben einen Sinn hatte?

Und Ariel? Seine Einsamkeit war noch schlimmer. Er kapselte sich ab. Er war einsam und wollte allein sein. Er konnte fremde Menschen kaum ertragen. Er hatte Angst vor ihnen. Daß sie ihn enttäuschten, verletzten. Er wollte nicht mehr vertrauen. Nur noch seiner Familie und den zwei Freunden, mit denen er überlebt hatte. Er mochte die Umtriebigkeit seiner Frau nicht. Aber er ließ sie gewähren.

Warum strengst du dich so an? fragte er Sarah.

Wir leben, Ariel. Wir leben doch. Wir müssen doch irgendwie leben.

Hast du denn nicht gelernt?

Was?

Nichts.

Sarah schwieg. Dann sagte sie: Warum hast du mit mir ein Kind gezeugt? Warum wolltest du, daß Julien auf die Welt kommt? Warum, wenn du so denkst?

Weil ich dich liebe. Weil ich dich liebe.

Du kannst nicht nur durch dein Kind leben. Für Julien leben. Du lebst. Du. Du hast überlebt, um zu leben.

Wirklich? fragte er leise. Glaubst du wirklich, daß es einen tieferen Sinn hat, daß wir überlebt haben? Daß es ein Plan Gottes war, daß alle in unserer Familie starben und wir überlebten? Glaubst du das wirklich, Sarah? Oder machst du dir das vor, damit du weiter atmen, schlafen, aufstehen, essen und trinken kannst?

Warum lebst du dann noch? schrie Sarah. Warum bringst du dich nicht um?

Weil ein Toter sich nicht mehr umbringen kann.

Du bist nicht tot. Du hast ein Kind. Du hast eine Frau. Du hast dich.

Ariel schaute sie an.

Ariel, erinnere dich. Als ich schwanger war, das erste Mal, das zweite Mal. Da hast du gesagt, daß ich abtreiben soll. Du sagtest, daß du ein Kind nicht ertragen würdest. Daß du die Verantwortung nicht übernehmen würdest. Ein Baby auf dieser Welt. Daß du Angst hättest. Was aus ihm werden würde. Daß du es nicht aushalten würdest, wenn du vor ihm stürbest, es allein lassen müßtest auf dieser Welt. Ungeschützt. Wozu ein Kind? hast du gefragt. Und ich habe geantwortet, weil wir uns lieben. Weil wir mit dieser Liebe ein anderes Leben schenken sollten. Es versuchen müssen. Weil ein Kind Hoffnung bedeutet. Glauben an das Leben.

An das Leben glauben? An welches Leben soll ich glauben? hast du gefragt.

An unser Leben, sagte ich.

Wir haben abgetrieben. Das Leben. Unser Leben.

Bei Julien hast du ja gesagt. Lauf nicht weg. Bleib da, Ariel. Bleib bei mir, bei Julien, bei dir.

Sarah ging auf Ariel zu. Nahm ihn in die Arme.

Als wir befreit wurden, erinnerst du dich an deine Gefühle, deine Gedanken? Erinnerst du dich?

Ich war müde, Sarah. Ich wollte schlafen.

Und danach?

Danach war ich traurig. Nur noch traurig. Ich trauerte um meine Eltern, meine Geschwister. Meine Familie, mein Leben.

Und dann?

Dann war ich wütend.

Und dann?

Hör auf, schrie Ariel.

Ich werde nicht aufhören, ich will, daß du es mir sagst. Ich will, daß du das Wort sagst. Hab keine Angst. Hab keine Angst vor diesem Gefühl. Es bringt dich nicht um. Hörst du, es macht uns Menschen lebendig. Sag es, verdammt noch mal.

Liebe. Ich spürte wieder Liebe, sagte Ariel. Und weinte.

Wie viele von uns könnten noch leben, wenn sie rechtzeitig gegangen wären. Aber sie sind geblieben. Wollten ihre Eltern, ihre Kinder, ihre Frauen, ihre Männer nicht zurücklassen, flüsterte Ariel.

Liebe macht frei, antwortete Sarah, sie gibt Kraft, Lust, öffnet Schleusen, die sonst für immer geschlossen sind. Ohne die Liebe vegetiert der Mensch, aber er lebt nicht.

Liebe ist ein Irrtum, erwiderte Ariel, eine Täuschung der Sinne. Eine Illusion. Ein anerzogenes Gefühl. Die scheinbare Antwort auf den Egoismus des Menschen.

Liebe ist der Mensch, argumentierte Sarah, das einzige Lebewesen auf der Welt, das zu diesem Gefühl fähig ist. Liebe macht den Menschen aus. Kämpfe nicht gegen die Liebe, Ariel. Genieße sie. Genieße unsere Liebe, deine Liebe zu Julien. Hab keine Angst.

Ich habe aber Angst, schrie Ariel, wie soll ich ohne Angst sein? Ich habe gesehen, wozu Menschen fähig sind. Habe gesehen, wie mein Vater ermordet wurde, wie meine Geschwister ermordet wurden, wie Kinder in die Luft geschleudert wurden. Ich habe gesehen, wie Menschen blind und taub wurden, nichts mehr sahen und hörten. Wie sie ihr Gedächtnis verloren. Alles vergaßen. Kultur, Menschlichkeit, Humanismus. Keine Angst haben? Jede Nacht träume ich von den Menschen, die ich geliebt habe. Gespenster des Todes. Sie verfolgen mich. Erzählen mir von ihren letzten Augenblicken. Und ich weiß nicht, ob ich sie beneiden soll, weil sie tot sind und ich überlebt habe. An ihrer Statt am Leben bin. Meine Erinnerungen nicht abschalten kann. Nicht genauso vergeßlich sein kann, wie es die Mörder anscheinend sind. Oder die, die zugeschaut haben, oder die, die weggeschaut haben, weil sie die Dinge, die sie sahen, nicht sehen wollten.

Daß ich mit den Mördern, den Helfern und den Mitläufern lebe. Im selben Land, derselben Stadt, derselben Straße, demselben Haus. Mit ansehen muß, wie sie sich wieder eingerichtet haben, ihr Leben fortsetzen, als wäre nichts passiert. Als hätten sie nicht ihre Nachbarn verraten, deren Möbel, Gemälde, Bestecke und Geschirr gestohlen.

Keine Angst haben vor der Scham, die ich empfinde, unter ihnen zu sein? So zu tun, als ob die Globkes und Oberländers nicht weitermachen durften. Als ob die Ärzte, Richter, Lehrer, Beamten ausgetauscht worden wären. Als ob unser Kind, Julien, nicht von Lehren unterrichtet wird, die vor Jahrzehnten denselben Judenbengel Julien der Gestapo ausgeliefert hätten. Mir von Geschäftsfreunden auf die Schulter klopfen zu lassen, mit der Bemerkung, was für gerissene Kaufleute wir doch sind, und diesem Arschloch nicht in die Fresse zu schlagen. Keine Angst haben? Vor den jungen Nazis, die rumbrüllen, sich nach Hitler sehnen und mich, dich, uns alle wieder schlagen und demütigen wollen? Von ihren Sympathisanten in eleganten Anzügen und mit manikürten Fingernägeln? Vor einer Politik, die immer das gleiche sagt, seit wir hier leben: Wehret den Anfängen. Ich kann diesen Satz nicht mehr hören. Diesen Sonntagssatz. Ich muß auch am Montag, am Dienstag und am Mittwoch hier leben. Wehret den Anfängen? Wir sind schon längst über die Anfänge hinaus. Polizei an jeder jüdischen Einrichtung, Gewalt und Beleidigungen. Unsere Friedhöfe werden geschändet, und da wird von den Anfängen gesprochen? Ja, ich habe Angst. Verdammt noch mal, Angst um dich und um Julien. Alles, was ich habe, seid ihr. Und ich bin schuld, daß wir hier leben, daß wir erneut gedemütigt werden. Daß mein Sohn nicht frei ist. Daß auch er mit dieser Angst aufwächst …

Sarah schwieg. Sie schaute Ariel an. Traurig.

Du wolltest nach Deutschland. Du hattest versprochen, daß es nur für kurze Zeit sein würde. Du hattest versprochen, daß wir unsere Koffer nicht auspacken würden. Daß es ein Provisorium bleiben würde, flüsterte Sarah.

Ariel schwieg. Wie so oft, wenn dieses Thema berührt wurde. Sarah ging auf Ariel zu. Sie nahm sein Gesicht zwischen ihre Hände.

Du darfst keine Schuldgefühle haben. Du bist nicht schuld, daß Menschen Juden hassen. Du bist nicht schuld daran, daß wir hier leben. Anderswo gibt es auch Antisemiten. Deutschland hat den Antisemitismus nicht erfunden …

Aber Auschwitz haben die Deutschen erfunden, unterbrach Ariel.

Nicht alle sind so, Sarah küßte Ariel auf den Mund, nicht alle sind so. Menschen lernen aus ihren Fehlern. Hab keine Angst, Ariel. Es sind andere Zeiten.

Glaubst du wirklich an das, was du sagst? fragte Ariel, glaubst du wirklich daran, daß Menschen lernen?

Sarah schwieg. Sie dachte daran, wie sie Ariel nach dem Krieg zum erstenmal wiedergesehen hatte. In Kraków. Sie war zurückgekehrt in das Haus ihrer Familie. Wartete. Doch niemand kam. Nicht die Eltern, nicht die Tanten und Onkel. Nicht die Freunde. Sie wartete Tag und Nacht in einem kleinen Zimmer des Hauses. Und dann kam er. Stand vor ihr. Abgemagert, seine Augen waren tot. Erloschen. Seine Haut grau. Schmutzig.

Sie sprachen nicht. Berührten sich nicht. Tage saßen sie sich gegenüber. Schauten sich schweigend an. Erzählten sich stumm von ihrem Unglück. Sarah sprach als erste.

Werden wir trotzdem weiterleben?

Ariel antwortete nicht

Wir haben nur zwei Möglichkeiten, versuchte sie es noch einmal, entweder wir bringen uns um, oder wir entscheiden uns zu leben.

Wie willst du weiterleben? Wie willst du das aushalten? Wie willst du die Bilder vergessen? Wie willst du deine Augen von den Tränen befreien, damit sie wieder klar sehen können? Wie willst du das Blut der Toten vergessen, um das Blut des Lebens wieder zuzulassen? Wie willst du die Schreie der Sterbenden aus deinen Ohren tilgen? Wie willst du das Dunkel mit dem Licht vertauschen? Wie?

Erschöpft von seinem Redeschwall schloß Ariel die Augen.

Sarah sah ihren Mann an. Von der Straße hörte sie Stimmen.

Mit dir. Mit dir und unserer Liebe.

Die Stadt ihrer Kindheit bedrückte sie: Zuviel Erinnerungen an eine Welt, die es nicht mehr gab. Nie mehr geben würde. Die jiddische Welt, das Schtetl, war endgültig begraben worden. Und dann kamen die Pogrome. Der polnische Judenhaß erwachte wieder.

Wohin, wohin, wo wird man uns endlich leben lassen, in Frieden lassen? Wohin? fragten sie sich.

Als ein Brief aus Paris kam, von einer Schulfreundin, entschlossen sie sich schnell. Anja hatte, bei Bauern versteckt, den Krieg überlebt und war nach Paris gegangen. Sie erzählte, daß es den Juden dort besser ging als in Polen, sprach von Zukunft, von Hoffnung, von Leben.

Also packten sie einen kleinen Koffer, verließen ihre Heimat, die nur noch ein Friedhof für sie war, und beschlossen zu leben.

15

Wie ich dich um deinen Schlaf beneide, mein Kind. Um deine Träume, die ich so gern kennen würde. Ich schaue dich mit Liebe an. Ich habe so auf dich gewartet und es nicht gewußt. Bis du auf der Welt warst. Bis du geatmet hast. Erst dann habe ich gespürt, wie sehr ich dich gewollt hatte.

Ich will träumen, sagte ich zu Sarah.

Ich war sieben Jahre alt, als sie mich daraufhin ins Kino mitnahm. Mein erster Film war *Ben Hur*. Ich erinnere mich, wie wir in den großen Kinosaal gingen. Zum erstenmal aß ich Popcorn und trank Coca-Cola. Das Kino war fast leer. Es war eine Nachmittagsvorstellung. Die große Leinwand beeindruckte mich, und als ich die wunderschönen Aufnahmen sah, verschlug es mir die Sprache. Mit offenem Mund saß ich in meinem Sessel und beobachtete, wie sich eine andere Welt auftat. Ich sah, wie Ben Hur kämpfte, liebte und um sein Leben spielte. Neben uns saß ein junges Pärchen, das sich fortwährend küßte. Ich konnte nicht verstehen, daß sie nicht ihre ganze Aufmerksamkeit auf den Film konzentrierten.

Sarah spürte meine Anspannung.

Hat es dir gefallen? fragte sie. Hast du geträumt?

Von da an gingen wir jeden Dienstag ins Kino. Es wurde zum Ritual. Dieser Tag gehörte nur mir und meiner Mutter. Bald schon wollte ich zwei Filme hintereinander sehen, und im Sommer gingen wir anschließend Eis essen.

So viele Geschichten, staunte ich, woher nehmen sie so viele Geschichten?

Als ich älter wurde, kamen Liebesfilme hinzu. Sarah liebte es, diese Filme zu sehen. Die Handlung war eigentlich immer

dieselbe. Mann liebt Frau, Frau liebt anderen Mann oder umgekehrt. Die mit Happy-End, waren die, in denen Mann und
Frau doch zusammenkamen. Manchmal endeten die Filme
traurig. Aber Sarah weinte immer, egal, wie die Filme endeten.

Wenn das Licht im Kinosaal wieder anging, ergriff mich
jedesmal eine unerklärliche Traurigkeit. Dasselbe Gefühl
kannte ich von Büchern. Ich wollte nicht aufstehen. Wollte
nicht von dem Wunder der Illusion lassen.

Sarah sagte: Das ist wie träumen. Wenn du aufwachst, hört
der Traum auf. Er ist vorbei, und das Leben geht weiter.

Können Träume auch wahr werden? fragte ich.

Sarah schaute mich an: Ja, Julien. Du bist doch auch wahr
geworden.

Manchmal sahen wir Dramen. Sarah erklärte mir, daß das
Geschichten sind, in denen von einer großen Ungerechtig-
keit erzählt wurde. Mich faszinierten diese Filme, und mein
Lieblingsschauspieler wurde der melancholische, traurige
Gregory Peck. Mein größtes Geschenk war, wenn man mir
sagte, ich sähe so aus wie ein kleiner Gregory Peck.

Ich lernte im Kino, daß Menschen siegen und scheitern,
daß sie lachen und weinen, daß sie geboren werden und sterben, daß Recht und Gerechtigkeit nicht immer dasselbe
sind, daß Helden feige sein können und Feiglinge Helden,
daß Liebe traurig machen kann, daß Glück und Unglück
Tür an Tür liegen.

Cary Grant, Marcello Mastroianni, Cathérine Deneuve,
Woody Allen, Sydney Poitier, Robert De Niro, Meryl
Streep wurden meine Gesellschaft. Oft diskutierte ich mit
ihnen im Bett, wenn Sarah und Ariel schon schliefen. Er-
lebte eigene, erfundene Geschichten. Sie spielten dann nur
für mich, mit mir. Ich beneidete sie, daß sie in andere Figu-
ren schlüpfen konnten, ihre Identitäten wechselten, um die
vielen Leben, die sie darstellten.

16

Lebten Ariel und Sarah dank mir? Waren meine Eltern auf mich angewiesen, schöpften sie aus mir die Kraft, den Tag zu bestehen? Diese Fragen begleiteten mich, seit ich denken kann. Sie waren schwer zu ertragen. Es ist schon schwer genug, Kraft für sich selbst, für das eigene Leben zu entwickeln. Seine Ängste zu überwinden. Jeden Morgen wieder den Motor anzuwerfen. Waschen, anziehen, frühstükken. Heißer Milchkaffee. Ein Brötchen oder ein Croissant. Schokolade oder Marmelade. Dann in die Schule. Konkurrenz. Wettbewerb. Der Beste sein. Viel weniger für mich selbst als für die Eltern. Mittags nach Hause kommen. Sie sitzen am Tisch und warten auf meine Geschichten aus der Schule: Wie wars? Was hast du gelernt? Wie waren die Noten? Waren die Lehrer zufrieden mit dir? Und deine Klassenkameraden? Hast du endlich Freunde?

Eigentlich wünscht sich ein Kind diese Aufmerksamkeit, dieses Interesse. Aber für Sarah und Ariel war dieses Interesse das Elixier ihres Lebens. Manchmal, wenn sich nichts ereignet hatte, erfand ich Geschichten, nur, um sie zu erfreuen. Dann Schulaufgaben machen, Gitarrenunterricht. Ich spielte so schlecht, war so unmusikalisch, daß sogar Sarah aufgab und den Plan begrub, daß ich ein genialer Musiker würde. Ariel wollte, daß ich Arzt werde. Ich sollte den Beruf erlernen, den er für sich erträumt hatte, aber wegen der Nazis nicht ergreifen konnte.

Werde Arzt. Rette Leben. Mit diesem Beruf kannst du jederzeit fliehen und ihn überall auf der Welt ausüben, selbst im Ghetto und im Konzentrationslager hatten Ärzte es besser als alle anderen. Auch Obersturmbannführer werden krank, so sagte Ariel.

Ich tat ihm den Gefallen, obwohl ich Naturwissenschaften haßte. H_2O wurde für mich nie zu Wasser, sondern blieb immer eine unverstandene, nicht fühlbare Formel. Nach zwei Jahren verzweifelten Studiums wurde ich so krank, daß Ariel es aufgab, mich zum Weitermachen zu zwingen.

Immer versuchte ich Dinge zu tun, die Sarah und Ariel Freude bereiteten. Es quälte mich zu sehen, wie traurig sie waren. Wie scheinbar unwichtig ihr eigenes Leben für sie geworden war. Sie sollten stolz auf mich sein. Ihre Angst durch mich überwinden. Ich spielte an der Schule in einer Theatergruppe. Ich schrieb in der Schülerzeitung. Ich diskutierte stundenlang mit ihnen und ihren Freunden. Ich wollte alles für sie tun. Aber man kann sein Leben nicht für einen anderen Menschen leben. Und wenn man ihn noch so liebt. Man kann nur sein eigenes Leben leben.

Als ich das begriff, war es beinahe zu spät …

17

Ich lachte und schrie vor Aufregung. Mein erster Winter-
urlaub. Wir waren in einen kleinen Ort im Schwarzwald gefahren. Nur mein Vater und ich. Ich war zehn Jahre alt und
sah zum erstenmal die Berge. Den Nebel, den ich mit meinem Atem erzeugte. Die Kälte, die mir ins Gesicht biß.
Meine Wangen glühten, obwohl mein Körper fror. Ich
machte Schneeballschlachten mit Ariel und genoß seine
Freude. Wie er lachen konnte!

Als ich so alt war wie du, fuhren wir auch in die Berge, erzählte mir Ariel, nach Polen. Nach Zakopane. Damals gab
es noch keine Skilifte. Mein Vater, dein Großvater, zog mich
an den Skistöcken den Hang hinauf. Das war für mich das
schönste. Eigentlich wollte ich nicht Ski fahren. Ich wollte
von ihm gezogen werden. Ich sah seinen Rücken, der in
einen dicken Pelz eingepackt war. Seinen Pelzhut. Wenn wir
dann auf dem Gipfel standen, schauten wir uns an. Er war
naßgeschwitzt, sein Gesicht rot angelaufen von der Anstrengung. Er lachte mich an.

Du wirst langsam ein großer Junge, Ariel. Lange schaffe
ich das nicht mehr, sagte er.

Ich schrie plötzlich laut los, so daß sich alle umdrehten,
und raste die Piste hinunter. In einer Schußfahrt spürte ich
den Wind und schrie noch lauter. Ich konnte fliegen, fliegen, wie ein Vogel. Unten angekommen, wartete ich auf ihn,
und das Spiel wiederholte sich.

Ziehst du mich auch auf den Berg? fragte ich Ariel.

Aber es gibt doch Skilifte, erwiderte er.

Ich weiß. Aber ich möchte, daß du mich auch ziehst,
sagte ich. Ariel schaute mich an, zog sich seine schwarzen

Handschuhe an, nahm die Enden meiner Stöcke in die Hand und zog mich den Berg hinauf. Ich schloß die Augen und spürte die Wintersonne auf meinem Gesicht.

Sarah haßt die Kälte, erzählte Ariel. Deine Mutter liebt die Wärme. Sie sitzt am liebsten unter einem Baum, träumt, liest ein Buch, schreibt Briefe. Dann wird sie ganz ruhig und friedlich. Vergißt für einen Augenblick alles. So wie wir jetzt. Diese Berge, ich liebe sie. Sie sind nach Millionen Jahren vom Wasser befreit worden. Und werden in Millionen Jahren immer noch da sein. Sie strahlen soviel Kraft aus. Als wir an der Spitze des Berges angekommen waren, strahlte Ariel. Er war außer Atem, und seine Wangen waren gerötet. Ich fing an zu schreien und raste den Berg hinunter. Und wartete auf ihn, bis auch er wieder im Tal war.

Jeden Nachmittag gingen wir in ein kleines Kaffeehaus. Es roch nach Kaffee und Kuchen. Die Fensterscheiben waren beschlagen. Um uns herum saßen Menschen in dicken Pullovern. Ich bestellte eine heiße Schokolade, Ariel einen Kaffee. Dazu Butterstreuselkuchen.

Wir waren glücklich.

18

Über ihre Zeit im Konzentrationslager sprachen Sarah und Ariel kaum. Wie eine unsichtbare Mauer stand ihr Schweigen zwischen ihnen und mir. Bis hierher und nicht weiter, hieß das ungeschriebene Gesetz. Ich weiß bis heute nicht, ob ich es nicht hören wollte oder ob sie nicht darüber sprechen wollten.

Trotzdem war dieses Geheimnis immer in Gefahr, gelüftet zu werden. Das Fernsehen war eine ständige Bedrohung. Wenn Filme aus der »dunklen Zeit« – wie Sarah die Naziherrschaft nannte – liefen, weinte sie. Ariel verfiel in tiefes Schweigen. Und trotzdem konnten sie den Film nicht abschalten. Als müßten sie sich zwanghaft erinnern. Oder quälen. Sich bestrafen. Sich bewußt machen, daß ihr Leben ein reiner Zufall war. Sie waren lebende Zombies, die das Geschenk des Lebens nicht mit strahlenden Augen auspacken konnten. Als ob ihr Überleben für sie eine Belastung war.

Etwas in ihnen war zerbrochen, und ich konnte mich noch so anstrengen, ihnen noch so viel Liebe und Aufmerksamkeit geben, ich war nicht fähig, dieses Lebensloch zuzuschütten. Es schmerzte mich zu beobachten, wieviel Leid in ihnen war und keine Wut auf die, die das verursacht hatten. Doch sie hatten keine Gesichter, keine Namen. Ich wollte ihre Gesichter sehen, ihre Namen kennen. Was war aus ihnen geworden? Und ihren Familien? Weinten sie auch? Wie schliefen sie? Woran erinnerten sie sich? Und was erzählten sie ihren Kindern? Ist Brücker je bestraft worden? In was für ein Land hatten meine Eltern mich mitgenommen?

Sprecht mit mir, verdammt noch mal, erzählt mir eure Geschichte. Jede Einzelheit, jede Facette. Helft mir zu verstehen, was passiert ist, damals in der »dunklen Zeit«. Helft mir zu begreifen, wann die Kontrolle der Zivilisation ausgesetzt hat und warum. Helft mir, damit ich mir einreden kann, daß es sich nie wiederholen könnte. Daß die Shoah in der Geschichte nicht nur einmalig war, sondern es auch bleiben würde. Sprecht mit mir, Sarah, Ariel. Sagt mir, was sie euch in den Lagern angetan haben. Nachdem sie euch aus dem Ghetto abtransportiert haben.

Und dann doch eine kleine Geschichte. Und meine Angst, sie zu hören. Nach dem Skifahren. Im Café. Warmes Licht und überheizte Räume. Um uns herum lachende, fröhliche Menschen in dicken Pullovern. Glühende Gesichter.

Dein Großvater Aaron, begann Ariel, war von ganzem Herzen Rabbiner. Er konnte stundenlang in der Thora lesen, die Kommentare studieren und mit seinen Schülern diskutieren. Als kleiner Junge stand ich neben ihm und beobachtete, wie konzentriert er las.

Was machst du? fragte ich.

Ich lerne, sagte dein Großvater.

Wieso lernst du noch? Du bist doch schon erwachsen.

Großvater Aaron schaute mich lächelnd an: Ich versuche mich an all das zu erinnern, was ich bei meiner Geburt vergessen habe.

Ich schaute ihn verdutzt an.

Schau, sagte er, nach einer Überlieferung weiß der Mensch alles, was ein Mensch wissen kann, solange er im Bauch der Mutter ist. Im Moment seiner Geburt, sobald er auf der Welt ist, küssen ihn die Engel, und er vergißt alles. Mühsam müssen wir versuchen, alles wieder zu lernen.

Willst du mir damit sagen, daß ich mehr weiß als du? fragte ich Aaron.

Ich will dir damit sagen, daß ich jeden Tag versuche, ein bißchen mehr zu verstehen, und mit jedem Tag das Gefühl habe, weniger zu wissen. Das, was ich aber weiß, ist, daß die Zeit, die mir bleibt, um zu verstehen, immer kürzer wird. Vielleicht weiß ich heute mehr als früher. Aber Wissen ist nicht Verstehen. Wenn ich dich frage, weißt du zwar weniger als ich, aber deine Phantasie ist noch voller Träume. Und diese Träume sind viel klüger als mein Wissen.

Rabbiner Aaron liebte es, mit Kindern zu reden. Er stellte ihnen Fragen und schrieb sich alle Antworten auf. Er hatte mehrere Dutzend Bücher mit den Antworten der Kinder seiner Gemeinde aufgeschrieben. Seine Frau Gittl fluchte über die Unordnung in der Wohnung. Überall Bücher. Überall diese Notizen. Aaron aber verglich die Antworten der Kinder mit den Büchern der Gelehrten, Rabbiner und Wissenschaftler.

Bald schon hatte er einen festen Kreis von Kindern um sich herum versammelt. Jeden Donnerstagabend diskutierten sie. Jedes Kind mußte ein Märchen erzählen. Er hörte gebannt zu, wenn sie ihm von Gott, vom Leben und dem Tod erzählten.

Ich saß während dieser Nachmittage im Zimmer neben meinem Vater und lauschte still. Ein Mädchen, acht Jahre alt, Ruth Singer, war Aarons Lieblingsschülerin. Sie hatte wunderschönes blondes Haar; ihr Lachen verwandelte uns in Könige und Prinzen.

Als wir im Ghetto waren, setzte dein Großvater Aaron diese Stunden fort. Jeden zweiten Tag wurde Unterricht gehalten.

Je öfter wir uns Märchen erzählen, desto besser halten wir das Leben aus, sagte Aaron zu mir.

In seiner Gemeinde hielt man ihn für sonderlich, weil er fast nur noch mit den Kindern sprach. Ich wich nicht von seiner Seite. Ich liebte deinen Großvater abgöttisch. Seinen langen weißen Bart, seine gütigen Augen, seine Art zuzuhören. Ruth war mittlerweile eine junge Frau geworden. Sie kam immer noch zu den Versammlungen. Sie erzählte immer neue Geschichten und Märchen. Und die Kinder lachten, träumten mit ihr und Aaron.

Dank der Kinder hoffe ich, glaube ich noch an das Gute, sagte Aaron zu mir. Sie schenken mir das Göttliche auf Erden. Obwohl wir in der Hölle sind.

Mein Vater machte eine Pause.

Willst du noch eine heiße Schokolade, Julien?

Während er bestellte, schaute ich ihn an. Seine Augen waren trüb, sein Haar weiß geworden. Seine Kleidung aber war so perfekt wie immer. Ich konnte sein Rasierwasser riechen, obwohl es schon Nachmittag war. Er liebte es immer noch, sich nach der Rasur damit zu erfrischen.

Ich habe dir nie erzählt, wie dein Großvater gestorben ist, Julien. Willst du es wissen?

Es fröstelte mich. Womit konnte ich besser leben: mit der Ahnung des Bösen oder mit dem Wissen? Ich schaute aus dem Fenster. Es schneite. Unschuldige, friedliche Flocken. Ich wußte, daß ich nicht widerstehen konnte, die Wahrheit zu erfahren. Obwohl oder weil ich so große Angst vor ihr hatte.

Ein Kellner brachte mir die Schokolade. Ich trank hastig und verbrannte mir die Zunge. Der Raum veränderte sich. Ich hörte die Stimmen der Menschen nur noch ungenau. Konnte nicht mehr sehen, was um mich herum passierte. Mein Verstand schrie: Frag nicht, sage deinem Vater, daß du nicht wissen willst, was genau passiert ist. Aber meine Seele schrie nach der Wahrheit.

Erzähl, sagte ich, erzähl weiter.

Selbst im Ghetto schrieb er jede Geschichte in ein Buch, fuhr Ariel fort. Es waren Hunderte Bände geworden. Nachts, wenn er nicht schlafen konnte, las er die Geschichten der Kinder. Er studierte nicht mehr den Talmud oder die Thora. Er las nur noch die Kindergeschichten.

Hier steht die Weisheit der Menschen, sagte er mir, wenn ich ihn ermahnte, schlafen zu gehen. Ich will nicht ins Bett.

Kein Traum, den ich träumen könnte, kann so schön sein wie diese Geschichten.

Sie kamen an einem Donnerstag. Es waren zehn. Ihre Gesichter waren gleichgültig. Sie brüllten uns an und befahlen meinem Vater, sich in die eine Ecke des Zimmers zu stellen, und den Kindern, in eine andere. Sie sagten meinem Vater, sie hätten den Befehl, jedes zweite Kind zu erschießen. Er solle aussuchen, welche Kinder erschossen würden. Mein Vater begann zu weinen. Sie schrieen, er solle sich zusammennehmen und sich nicht wie eine Judentunte benehmen. Sie lehnten sein Angebot ab, ihn statt der Kinder erschießen. Sie sagten ihm, wenn er die Kinder nicht aussuchen würde, würden sie alle töten. Sie erschossen das erste Kind, als er nichts sagte. Sie erschossen das zweite Kind. Sie erschossen das dritte Kind. Sie ermahnten ihn, etwas zu sagen. Sie sagten ihm, wenn er sich jetzt entscheiden würde, jedes zweite Kind zu benennen, würden sie die anderen am Leben lassen. Sie warteten. Sie erschossen das vierte Kind. Sie erschossen das fünfte Kind. Als sie alle Kinder erschossen hatten, lachten sie. Sie sagten, mein Vater sei der wahre Mörder. Sie sagten, daß er die Hälfte der Kinder hätte retten können. Sie gingen so, wie sie gekommen waren.

Aaron verließ die Lehrstube. Wie betäubt ging er nach Hause. Seine Frau wartete schon auf ihn. Sie schrie ihn an, daß sie sich Sorgen um ihn gemacht habe, weil es schon so spät sei. Er antwortete nicht und ging in sein Arbeitszimmer. Setzte sich auf seinen Stuhl, inmitten der vielen Märchenbücher, die seine Kinder geschrieben hatten.

Ich weiß nicht, wie lange er so sitzen blieb.

Als ich in sein Zimmer kam, hing er an seinem Gürtel am Fensterrahmen. Auf dem Boden neben ihm lag ein aufgeschlagenes Buch.

Kurze Zeit danach wurde das Ghetto aufgelöst. Ich wurde ins Konzentrationslager Treblinka gebracht.

Mein Vater schaute mich konzentriert an. Allein. Ich war jung. Bei der Selektion wurde ich zu den Lebenden geschickt. Meine Geschwister, deine Onkel und Tanten habe ich nicht wiedergesehen. Deine Großmutter auch nicht. Plötzlich verstummte er. Wir saßen minutenlang schweigend nebeneinander. Um uns herum sprachen die Menschen miteinander. Sie lachten. Sie sprachen deutsch.

19

Paul und ich waren Freunde.

Ich hatte Paul an der Universität kennengelernt. Ich studierte Literatur und Filmwissenschaften. Endlich erfüllte ich mir meinen Traum und nicht den meiner Eltern. Wir schrieben eine Klausur. Paul saß hinter mir und schrieb ab. Ich spürte seinen intensiven Blick auf meiner Schulter. Als ich mich umdrehte, sah er verschämt weg. Sein blasses Gesicht wurde rot. Ich setzte mich so hin, daß es ihm leichter fiel zu lesen, was ich geschrieben hatte. Als wir den Hörsaal verließen, kam er auf mich zu. Er war größer als ich. Schlank. Sein Körper etwas gebeugt. Sein Haar war zerzaust. Wie bei einem zerstreuten Professor, dachte ich.

Danke, sagte er.

Wofür?

Er schaute mich verwundert an und fragte: Willst du einen Kaffee mit mir trinken? Ich lade dich ein.

Wir gingen ins Café Studioso gleich an der Universität. Ich heiße Paul Klinger. Noch mal danke.

Ich bin Julien. Wirklich nichts zu danken. Beim nächsten Mal machen wir es umgekehrt.

Paul war ein Einzelkind. Sein Vater ein großes Tier bei der Finanzverwaltung. Seine Mutter arbeitete als Rechtsanwältin. Sie waren so alt wie meine Eltern. Seine Großeltern lebten noch. Ich fragte mich oft, was sie wohl in der Nazizeit getan hatten. Paul fragte ich nicht. Vielleicht hatte ich einfach Angst vor der Antwort. Vor der Wahrheit. Am Anfang unserer Freundschaft mieden wir das Thema Geschichte. Wir schlichen um den heißen Brei. Wollten uns nicht verbrennen. Schweigen, verschweigen schien leichter. Welch ein Irrtum. Manchmal beneidete ich ihn um seine scheinbar intakte Familie. Er hatte zwei Onkel und eine Tante. Sonntags trafen sie sich zum Mittagessen. Wenn er davon erzählte, wirkte er genervt. Ich hätte gerne mit ihm getauscht. Was hätte ich dafür gegeben, eine Mischpoche zu haben. Sprachen sie miteinander über die »dunkle Zeit«? Waren sie nostalgisch? Erzählten sie sich Anekdoten? Sein Großvater mütterlicherseits war im Krieg gefallen. Empfanden sie sich als Opfer oder als Täter des Krieges?

Die Mauer zwischen uns war groß. Keiner hatte den Mut, sie zu überwinden. Zu viele Minen lagen auf dem Weg. Paul schien so sorglos, so leicht und entspannt. Er war ein Kind, das das Wirtschaftswunder genoß. Er fuhr einen Alfa Romeo. So italienisch, so international, so weltoffen. Nichts schien ihn zu belasten. Natürlich wählte er »links«. Allein um seine Eltern zu ärgern. Eigentlich war er unpolitisch. Wenn er von Politik sprach, merkte man ihm an, daß er Angst hatte, daß das Gespräch die Geschichte streifen könnte. Rock 'n' Roll, Jeans, Hippies und freie Liebe waren Hoffnungen, auch für sein eigenes Leben. Und doch merkte man ihm die engen Grenzen seiner Erziehung an.

Wir schrieben drei Jahre lang voneinander ab. Mal lernte er mehr für die Klausuren, mal ich. Mal saß er hinter mir, mal ich hinter ihm. Wir waren sehr erfolgreich mit dieser Methode. Ich liebte das Studium. Lesen, lesen und wieder lesen. Ich saß Tag und Nacht hinter Büchern. Bewunderte die Schriftsteller, die mit ihren Worten einen ganzen Kosmos erfanden, Liebesgeschichten, Tragödien und Komödien entstehen ließen. Über die Geburt, das Leben, Krankheiten und den Tod schrieben. Kriege und Friedensfeste. Kleine Novellen, die einen kurzen Ausschnitt aus einem Leben beschrieben. Große Romane über mehrere Generationen und ihre Zeit. Gedichte, die schwierigste, die feinste, die sensibelste Form des Schreibens. So wenige Worte standen zur Verfügung, um ein Gefühl, einen Moment, ein ganzes Leben zu skizzieren.

Abends trafen wir uns zu dritt. Paul, seine Freundin Perla und ich. Perla war sehr schön. Fast so groß wie Paul. Sie hatte dunkles langes Haar, einen wunderschönen Mund. Ihre Augen waren wach. Sie studierte Mathematik.

In der Mathematik gibt es keine Gefühlsverwirrungen, sagte sie, als ich sie fragte, wie sie auf diese Idee gekommen sei, alles ist erklärbar, rational beweisbar. Du hast eine These, von der gehst du aus und entwickelst stringent eine Theorie. Ihr seid doch nur Spinner, Träumer. Redet und redet und redet, und am Ende ist man so klug wie zuvor. Diese Herumphilosophiererei macht mich nur nervös.

Und trotzdem hörte sie zu, wie Paul, manchmal andere Studenten und ich genau das taten. Wir konnten nächtelang diskutieren, uns über Sinn und Unsinn von Sartres Existentialismus streiten. Ich liebte Sartre, Beauvoir, Camus. Ich glaubte an ihren Kerngedanken, daß der Mensch zwar über seine Geburt und seinen Tod nicht entscheiden kann, aber sonst in seinem Leben für alles verantwortlich ist. Immer und immer wieder entscheidet. Und daß es keine zwei Menschen gibt, die dieselben Entscheidungsgeschichten haben. Das macht den Menschen so einmalig. Und so einsam. Die Momente, in denen der Mensch Entscheidungen trifft, sind die einsamsten. Jeder muß mit ihnen leben.

Oft erinnert man sich nicht mehr, welche Entscheidung dazu geführt hat, daß man Jahre später wieder eine Entscheidung trifft. Sie wirken zufällig und beliebig. Welch ein Trugschluß. Nichts ist Zufall. Wir verstehen uns nur nicht, weil wir uns im Lauf des Lebens verlieren. Wenn unser Leben dann aus den Fugen gerät, scheitert, sind wir erstaunt. Traurig. Verwundert. Verwundet. Wenn wir aber Glück haben, lernen wir daraus, sammeln unsere geschundenen Knochen ein und setzen sie wieder zusammen. Wir werden zwar nie mehr sein wie zuvor, aber wahrscheinlich, hoffentlich, ein Stück mehr zu uns gefunden haben.

Perla intervenierte, als ich mit meinem Monolog fertig war, und bestand darauf, daß der Mensch aufgrund seiner genetischen Veranlagung gar nicht aus seiner Haut könne. Eingesperrt bliebe in sich selbst. Kaum selbstbestimmt leben würde.

Die Veränderungen des Menschen brauchen Hunderttausende, Millionen Jahre. Der einzelne erlebt diese Veränderungen in sich nie. Wir glauben, daß wir das Leben im Griff haben, dabei hat das Leben uns im Griff.

Ich schrie auf, als Perla das sagte: Wenn das so wäre, wozu lernen wir? Warum erzählen wir von unserem Leben? Von den Fehlern, die wir gemacht haben? Von Geschichte? Ist unser Leben so wie das unserer Eltern? Ist es heute so wie gestern? Schau uns doch an! Gestern hätten sie mich aus der Universität abgeholt; vielleicht hättest du mich sogar denunziert? Ich wäre in ein Lager gesteckt worden. Die Polizei oder die SS hätte mich abgeholt. Vielleicht wärt ihr sogar mitgenommen worden, wenn nicht ihr, sondern der Professor mich denunziert hätte? Weil ihr Judenfreunde seid. Heute sind wir zusammen. Ist das nicht das Ergebnis von Entwicklung, von Lernen?

Glaubst du wirklich, daß sich etwas verändert hat? fragte Perla. Kann es nicht sein, daß wir eine Pause der Zerstörung, des Hasses, der Gewalt erleben? Die Jäger sind müde, besiegt worden. Sie wurden gezwungen, gute Miene zum bösen Spiel zu machen. Sich zu zivilisieren, unterzutauchen, ihren Haß auf andere zu richten. Ausländer statt Juden, Schwarze statt Juden, Türken statt Juden, Juden statt Juden.

Es könnte aber auch anders sein, erwiderte ich, es könnte doch auch sein, daß Menschen gesehen haben, daß sie nicht nur ihre Opfer vernichtet haben, sondern sich selbst. Daß der Mörder so tot ist wie der Ermordete.

69

Das sagst du? rief Perla. Du, dessen Familie von Deutschen ermordet wurde? Sagst du das vielleicht, sie machte eine Pause und fuhr dann leiser fort: Sagst du das vielleicht, weil du vor dir nur rechtfertigen kannst, daß du in Deutschland lebst, wenn du dich selbst belügst. Dir etwas einredest, um mit uns leben zu können?

Perla, unterbrach Paul, der die ganze Zeit zugehört hatte, Perla, du gehst zu weit.

Wieso? Ich denke, wir philosophieren. Jeder Gedanke ist erlaubt. Das muß dann auch für mich gelten. Denken wir den Gedanken weiter. Um so mehr, weil er weh tut. Aufregt. Als deine Eltern nach Deutschland gekommen sind, wie konnten sie hier leben? Mußten sie sich nicht belügen? Mußten sie nicht ihren Haß, ihre Trauer mit der Hoffnung ihres Neuanfangs versöhnen? Und wie konnten sie das? Indem sie die Lüge des Neuanfangs übernahmen. Die Stunde Null Deutschlands wurde auch ihre Stunde Null. Der blinde Glaube, daß die Demokratie der Bundesrepublik Deutschland einen Nazirichter, der gemischte Paare geschieden hat, weil die Nürnberger Rassegesetze dies verlangten, zu einem anständigen Familienrichter machte, daß die Grundbuchbeamten, die Betriebe oder Häuser arisiert haben, anständige Beamte wurden, daß die Hausmeister, die euch an die Gestapo ausgeliefert haben, heute eure Beschützer sind, und noch vieles mehr. Dieser blinde Glaube, von dem jeder in Deutschland wußte, daß er eine Lüge ist, wurde auch zu eurer Lüge. Auch zu deiner, Julien.

Perla machte eine Pause. Sie zündete sich eine Zigarette an. Dann sagte sie: Wie hältst du es sonst in Deutschland aus? Sie leben immer noch, die Täter. Sie verstecken sich, wie auch ihre Kinder sich verstecken. Aber Julien, nach der Wahrscheinlichkeitstheorie, und du weißt, die Mathematik ist unbestechlich, wird jeder vierte in diesem Land weiter hassen. Dich hassen. Weil du du bist. Und du bist Jude.

Ich wollte noch einmal ansetzen, etwas entgegenhalten. Ich schwieg.

An anderen Abenden gingen wir ins Kino. Anschließend diskutierten wir bei einem Italiener wieder stundenlang. Über Kubricks *Odyssee im Weltraum*, Viscontis *Tod in Venedig* und Nicolas Roegs *Wenn die Gondeln Trauer tragen*, über Fassbinder, Wajdas Film über Janusz Korczak. Über Cathérine Deneuve in *Belle de jour* oder Robert De Niro in *Deer Hunter* und *Taxi Driver*. Ich wollte Regisseur, Schauspieler, Kameramann werden. Schriftsteller, Lektor, Verleger. Ich wollte die Welt verändern, sie erschüttern, sie ärgern, sie provozieren.

In den Semesterferien fuhr ich in die Berge. Drei Monate im Jahr. Skifahren wurde meine Leidenschaft. Über den weißen Schnee fliegen. Den Wind und die Sonne spüren. Die Haut mußte vom Wind brennen, die Augen vor Kälte tränen.

Wenn ich an die Universität zurückkam, warteten Paul und Perla schon auf mich. Sie waren immer noch ein Paar. Aber ihre Beziehung zeigte schon die ersten Risse und Ermüdungserscheinungen. Perla war klüger und stärker als Paul. Was sie am Anfang verband, angezogen hatte, wurde immer mehr zur Belastung.

Am Anfang konnten wir uns streiten, mußten uns sogar streiten, weil wir uns mit Respekt und gleichberechtigt begegnet waren. Jetzt ließ Perla Paul immer öfter spüren, was sie von ihm hielt. Streit braucht Respekt und Liebe. Und Neugierde. Wenn Streit zum Machtkampf wird, entwertet er sich, wirkt zerstörerisch.

Perla und ich trafen uns immer öfter allein. Wir gingen essen, oder sie kam einfach zu Besuch. Wenn wir uns unterhielten, schien die Zeit stehenzubleiben. Perla war besonders schön, wenn sie sich über mich ärgerte. Ihre Stirn bekam dann Falten, ihre Augen blitzten, und ihre Stimme wurde ganz ruhig und leise.

Was macht dich glücklich? fragte sie, als wir bei meinem Italiener saßen. Im gleichen Moment kam Marco, der Wirt, und nahm die Bestellung auf. Ich war froh, einige Augenblicke über ihre Frage nachdenken zu können. Ich aß fast täglich bei Marco. Das Restaurant war so etwas wie mein Eßzimmer, meine Kantine.

Marco war vor zwanzig Jahren nach Deutschland gekommen und hatte es vom Pizzabäcker zum Restaurantinhaber gebracht. Er hatte unendliche Geduld mit seinen Gästen, die alle so taten, als ob sie Italienisch konnten, nur weil sie einmal im Jahr für zwei Wochen in Italien Urlaub machten. Ihren peinlichen Annährungsversuchen mit gebrochenen Wortfetzen begegnete er mit einem wissenden Lächeln.

Ich fragte Marco wie immer, was es heute besonderes gäbe. Er rezitierte stolz, was die Küche zu bieten hatte. Wir bestellten Spaghetti à la Matriciana, eine Sauce mit Zwiebeln, Tomaten und Speck. Und Perla machte wie immer eine spitze Bemerkung über den Speck, worauf ich ihr jedesmal die gleiche Anekdote erzählte:

Ein Rabbiner ging vor vielen Jahren spazieren, als er bei einem Metzger vorbeikam. Er schaute ins Schaufenster und entdeckte einen saftigen Schinken. Er ging weiter, aber der Schinken ging ihm nicht aus dem Sinn. Also lief er zurück und blickte erneut in die Auslage. Dann ging er wieder seines Weges. Nachdem sich dieses Zeremoniell drei-, viermal wiederholt hatte, nahm der Rabbiner seinen ganzen Mut zusammen. Er schaute nach links und nach rechts, und nachdem er niemanden gesehen hatte, der ihn kannte, betrat er die Fleischerei.

Was kann ich für sie tun? fragte der Metzger.

Ich hätte gerne den Fisch in der Auslage, sagte der Rabbiner und zeigte auf den Schinken.

Aber, Herr Rabbiner, das ist doch Schweinefleisch, meinte der Metzger verlegen.

Daraufhin antwortet der Rabbiner: Habe ich Sie gefragt, wie der Fisch heißt?

Jedesmal lachte Perla über diese Geschichte, die ich ihr schon Dutzende Male erzählt hatte. Und jedesmal freute es mich wie beim erstenmal, daß sie darüber lachte.

Ich habe dich etwas gefragt, sagte sie, was macht dich glücklich?

Wieder überlegte ich: Wenn meine Eltern ihre Trauer vergessen, sagte ich dann.

Aber deine Eltern sind nicht du, dein Leben. Du bist ein eigenes Wesen. Du bestimmst dich selber.

Und du? fragte ich, um abzulenken.

Lenk nicht ab, kam wie aus der Pistole geschossen ihre Antwort.

Sag es mir, insistierte ich.

Ich glaube daran, daß ich ein Recht darauf habe, glücklich zu sein. Jeder Mensch hat dieses Recht. Ohne schlechtes Gewissen. Ich möchte glücklich sein, Julien. Und ich tue alles, um es zu sein.

Ich beneide dich darum, sagte ich, ich will es auch, aber ich kann es nicht wie du. Immer begleitet mich ein Schatten. Bei jedem Schritt, den ich tue, folgt er mir unerbittlich. Nie bin ich ohne ihn. Nie ruht er sich aus. Gerade erblicke ich die Sonne, da schiebt er sich schon davor und nimmt mir das Licht. Nur in der Nacht verliert er seine Kraft, aber dann kommen andere Gespenster. Erinnerungen, die Geschichten meiner Eltern. Manchmal habe ich mehr Angst vor dem Leben als vor dem Tod. Dann möchte ich sterben, unsichtbar werden, endlich Frieden haben.

Endlich kamen die dampfenden Spaghetti, und ich konnte meinen Monolog unterbrechen. Ich wollte gerade meine Gabel auf den Teller legen, da beugte sich Perla vor und küßte mich auf die Lippen.

Wir aßen schweigend. Es war das erste Mal, seit wir uns kannten, daß wir nicht sprachen, nicht stritten, nicht mit Worten fochten. War es peinlich? Oder schön? Empfand ich Nähe oder Distanz? Ich weiß es nicht mehr. Was ich weiß, ist, daß ich diesen ersten Kuß nie vergessen habe.

Beim Espresso fanden wir wieder unsere Sprache zurück. Zögerlich. Schüchtern.

Kaum hörbar sagte ich: Für mich ist Glück immer eine Phantasie. Ein Traum. Etwas, das ich mit meinem Leben nicht in Verbindung bringe, obwohl ich tief in meinem Inneren ahne, daß es dieses Glück auch für mich gibt. Aus mir heraus, durch und für mich. Jedenfalls für Augenblicke. Das würde aber bedeuten, daß ich gehe, daß ich mich löse, vielleicht sogar auflöse. Aber kann ich das? Kann das überhaupt ein Mensch? Ist das nicht so etwas wie Flucht? Kann ich meine Eltern allein lassen, obwohl ich weiß, daß ihr Leben durch meines überhaupt erst wieder funktioniert? Kann man Menschen, die einen lieben und einem vertrauen, sagen, daß man aufbrechen will, gehen muß, weil man es kaum mehr erträgt? Kann man so tun, als ob die Vergangenheit nicht existiert, nicht ein Teil der eigenen Matrix geworden ist?

Julien, sagte Perla, nicht du warst im Ghetto. Nicht du warst im KZ. Es waren dein Vater, deine Mutter, Millionen andere, aber nicht du. Du kannst nicht ihr Leben leben, du darfst dir nicht einbilden, daß ihr Leid deines ist.

Aber es wird meines, weil ich ihr Kind bin. Weil sie mich erzogen haben. Weil sie es mir mitgegeben haben, es auf mich übertragen haben. Ich wurde lauter.

Und selbst wenn das alles stimmt und noch viel mehr, ihr Traum ist es, daß du ein besseres, ein glücklicheres Leben lebst, als sie es gehabt haben. Dafür haben sie dich auf diese Welt geholt. Damit sie wenigstens das erreicht haben, daß ihr Sohn es gut hat. Hier und jetzt.

Was ist mit dir und Paul?

Du lenkst schon wieder ab. Perla lächelte.

Sie nahm sich eine Zigarette. Ich gab ihr Feuer. Ihre Augen leuchteten. Ich bereute meine Frage schon.

Ich habe mich in dich verliebt, du verrückter, trauriger Julien.

20

Ich traf Paul, als wäre nichts geschehen. Als wäre nichts gesagt worden. Nichts passiert. Ich mied Perla. Wollte mich nicht einlassen auf ihre Zuneigung. Hatte Angst vor ihr. Keine weiteren Verpflichtungen. Keine weitere Verantwortung für einen anderen Menschen. Mir reichte die gegenüber meinen Eltern. Sarah und Ariel waren eigentlich schon zuviel für mich. War ich ihr Kind oder umgekehrt? Wer paßte auf wen auf? Machte sich Sorgen? Liebe war für mich mit Opfern verbunden. Keine weiteren Steine, die mich beschweren würden.

Wie oft schämte ich mich, daß ich mir ein Leben nach dem Tod von Sarah und Ariel vorstellte. Es hatte etwas Befreiendes, sich vorzustellen, wie ein Vogel fliegen zu können. Mein Leben würde leichter, einfacher, mobiler werden. Ich würde endlich keine Rücksicht mehr nehmen müssen. Im gleichen Moment bekam ich entsetzliche Angst vor dem Gedanken an ihren Tod. Wenn sie sterben würden, wäre ich endgültig allein.

Paul fragte mich, warum wir nicht mehr zusammen essen gingen. Ob ich mich mit Perla gestritten hätte? Ob sie mich gekränkt hätte?

Nein, sagte ich, aber ich habe wenig Zeit, meine Mutter fühlt sich nicht gut, und ich verbringe die Abende bei meinen Eltern.

Wir lernten für unsere Examina. Meist bei mir. Wir diskutierten über den Sinn von politischen Büchern und Filmen. Es war die Zeit der Diskussionen, in der wir studierten. Jeden Tag fanden Demonstrationen statt. Die außerparlamentarische Opposition hatte großen Zulauf. Es war die einzige Zeit, in der es sie überhaupt in Deutschland gab. Man wollte nicht zu einer Partei gehören. Das war spießig. Konventionell. Mit den Eltern brechen, dem Mief der Vergangenheit entfliehen, anders sein als die Erwachsenen, ein anderes Leben führen, das wollten wir. Wir waren Idealisten. Und naiv. Wir hatten Träume, hatten die Vision von einem anderen, gerechten Staat. Und begruben sie, als wir älter wurden. Paul und seine Freunde verachteten Amerika, das seine Unschuld im Vietnamkrieg verlor. Sie träumten vom Sozialismus und wollten nicht sehen, daß es Gulags und Unterdrückung der Meinungsfreiheit gab. Es schien, als ob der Aufbruch für junge Menschen möglich sei. Als ob unsere Generation nicht in die Geschichte eingebettet sei. Bei Null anfangen. Welch eine Illusion! Wir philosophierten Tag und Nacht. Über Gerechtigkeit, Internationalismus, Kommunismus, Liebe, Glauben. Wir wollten eine bessere Welt.

Aber kann man als einzelner überhaupt etwas verändern? fragte Paul. Er meinte, daß es nur in der Gruppe ginge, nur wenn viele ein Ziel vor den Augen hätten.

Auch die Gruppe besteht aus einzelnen, sagte ich, und viele sind eben auch eine Vielzahl von Individuen.

Du wirst es nie lernen, dich unterzuordnen, sagte er, auch wenn du ein Ziel definierst. Hältst du dich für wichtiger als alles andere?

Was soll das? fragte ich, kein Wir ist wichtiger, als das Ich. Paul wurde plötzlich aggressiv. So kannte ich ihn nicht.

Du bist ein elender Egoist und Egozentriker und versteckst das hinter Sprüchen, die einen beeindrucken sollen, sagte er laut. Aber wenn alle so wären, würde keine Gesellschaft funktionieren, keine Nation existieren, keine Gemeinschaft sich organisieren.

Na und? Ich wurde auch lauter. Vielleicht würden die Menschen aber glücklicher, zufriedener, ehrlicher leben. Sie würden nicht immer ein schlechtes Gewissen haben. Den anderen auch gönnen, sich zu verwirklichen, anstatt die,

die das Leben genießen, neidisch und bösartig so lange zu piesacken, bis sie aufgeben und so werden wie alle.

Man kann nicht immer nur sich selbst verwirklichen. Jetzt schrie Paul. Man muß aufeinander Rücksicht nehmen, man muß verzichten können. Zurückstecken. Du bist nicht der Nabel der Welt, Julien. Hast du schon mal was von Demut gehört?

Was soll der Blödsinn? Demut! Was ist das? Ein anderes Wort für Anpassung, für Selbstverleugnung? Dafür, so zu tun, als ob nur damit die anderen zufriedengestellt sind? Nein, Demut ist ein unmenschlicher Begriff. Und ein heuchlerischer dazu. Ich bin nicht demütig, Paul. Du hast recht. Ich bin weder dem Leben noch den Menschen, noch Gott für irgend etwas dankbar. Ich lebe. Und ich habe ein Recht auf mein Leben. Und ich will so sein, wie ich es mir wünsche. Weil ich nur dieses eine Leben habe. Meins.

Paul schaute mich entgeistert an. Nach einigen Augenblicken des Schweigens sagte er: Demut ist die Voraussetzung dafür, daß der Mensch über sich hinauswächst. Wer nicht demütig ist, ist nicht bereit zum Verzicht. Zur Unterordnung. Und ist damit nicht fähig, ein zivilisiertes Leben zu leben.

Wo war die Demut während der Religionskriege, der Kreuzzüge, der spanischen Inquisition, der Hexenverbrennung, der Shoah? Wo waren deine verdammte Demut und deine elende Zivilisation? Wenn das Zivilisation bedeutet, bin ich gerne ein Barbar.

Du drehst mir wie immer die Worte im Mund herum. Was ich meine, ist, daß auch ihr lernen müßt, daß sich die Welt nicht nur um euch dreht.

Ihr? fragte ich. Wen meinst du mit ihr?

Doch da war es schon zu spät. Wir wußten beide, wen er gemeint hatte.

Betroffen sahen wir uns an. Nach einer langen, totenstillen Pause sagte er: Ich habe es nicht so gemeint.

Doch, Paul, du hast es genauso gemeint. Du meintest uns Juden. Daß wir uns anpassen sollen. Dankbar sein sollen, daß wir leben. Daß man uns nicht deportiert. Das meintest du. Aber, mein lieber Paul, die Zeiten sind vorbei, in denen wir dankbar für etwas waren, was selbstverständlich ist, nämlich leben zu dürfen wie jeder andere auch. Ich gehe nicht ins Ghetto, und ich assimiliere mich nicht. Hast du kapiert. Ich bin ein selbstbewußter, ein stolzer Jude. Auch wenn ich noch hier in Deutschland lebe. In deinem Deutschland, solange ich hier bin, ist dies auch mein Deutschland. Und jetzt verpiß dich.

21

Was ist passiert? fragte ich Ariel.

Du mußt sofort nach Hause kommen, sagte er. Seine Stimme klang verzweifelt.

Ich bin mitten in einer Inszenierung, antwortete ich.

Komm nach Hause, wiederholte er, nimm das nächste Flugzeug von Paris, und komm sofort nach Hause.

Was ist denn so eilig? fragte ich.

Sarah ist im Krankenhaus. Sie wird sterben, waren seine letzten Worte. Er hatte aufgelegt.

Wie gelähmt saß ich neben dem Telefon. Sechs Monate war ich nicht mehr in Deutschland gewesen. Sechs Monate nicht mehr zu Hause. Gleich nach meinem Examen hatte ich das Land verlassen, war ins Land meiner Kindheit gegangen, nach Paris, wo ich geboren wurde und die ersten Jahre meines Lebens gelebt hatte. Ich war geflohen. Vor den Toten. Vor mir. Das Theater Miniscule war meine neue Heimat. Meine erste Regiearbeit. *Das Spiel ist aus* von Sartre. Ab und zu Telefonate nach Deutschland. Immer seltener. Immer kürzer. Ich spreche französisch. Kein Deutsch. Lese »Le Monde« und nicht die »Süddeutsche Zeitung«. Innenpolitik bedeutet französische Querelen. Auch hier Antisemitismus. Aber nicht Auschwitz. Welch eine Erleichterung. Wirklich? Kann man vor seiner Geschichte fliehen? Oder täuscht man sich? Mein kleines Dachappartement hat einen wunderschönen Blick auf Notre-Dame. Oft sitze ich am Fenster und beobachte die Touristenströme, die sich aus den Bussen auf den Vorplatz ergießen. Seit Ewigkeiten kommen Besucher aus der ganzen Welt, um diese Kirche zu sehen. Um zu bewundern, wozu Menschen fähig sind. Ohne Elektrizität, ohne moderne Technik haben Tausende Bauarbeiter dieses Wunder Realität werden lassen.

Abends telefoniere ich mit Sarah und Ariel. Sehnsucht. Sie sagen nichts. Aber ich spüre ihre Einsamkeit.

Komm zurück, schreit es mir entgegen, obwohl sie schweigen.

Wir sind allein ohne dich, höre ich, obwohl sie kein Wort sagen.

Wir sprechen nicht über unsere Gefühle. Und wie könnte ich ihnen auch sagen, daß ich mich zum erstenmal frei fühle? Ohne sie? Seit Jahrzehnten. Daß ich das Gefängnis Deutschland verlassen habe, und wie gut es mir tut. Daß ich sie verlassen habe und nicht verzweifle. Nicht untergehe. Die Theatertruppe geht oft gegen Mitternacht, nach der Vorstellung, gemeinsam essen. Manchmal begleite ich sie. Sie sind fröhlich, jung. Diskussionen bis in den Morgen. Viel Rotwein. Ich genieße es, dazuzugehören. Ich frage mich nicht, wessen Vater Obersturmbannführer war, wessen Mutter mit dem Geschirr von deportierten Juden kochte.

Morgens einen Kaffee. Gedanken über die Inszenierung. Schlendern durch die Straßen. Die Boulevards. Dann ein Bistro. Ein leichtes Mittagessen. Schließlich ins Theater. Proben.

Zurück zu den Tuilerien, dem schönsten Spielplatz für Kinder. Umrahmt vom Louvre, inmitten der Stadt, in der Nähe der Place de la Concorde. Das Musée des Pommes mit den Impressionisten und dem schönen kleinen Teich, auf dem seit Ewigkeiten Kinder kleine Segelschiffe aus Holz mit einem Holzstab hin und her schieben. Paris mit seinen prunkvollen Boulevards und seinen frivolen Nebenstraßen. Die Stadt der Gerüche und der Erotik. Ich hatte es geliebt, mit meinen Eltern Metro zu fahren. Ich hatte es geliebt, mit Sarah im Café de la Paix an der Oper zu sitzen, eine heiße Schokolode zu trinken und den vorbeilaufenden Menschen nachzuschauen. Asiaten, Amerikaner, Menschen aus der ganzen Welt auf der Suche nach dem Geheimnis dieser Stadt. Und ich hatte es geliebt, Hand in Hand mit Sarah und Ariel spazierenzugehen, stundenlang, die Altbaufassaden, die Geschäfte mit ihren Auslagen zu bewundern! Oft drückte ich meine Nase an die Fenster und weinte, weil ich das eine oder andere haben wollte. Dann nahmen sie mich in ihre Arme und erzählten mir, daß ich eines Tages, wenn ich groß sein würde, alles kaufen könnte.

Aber warum erst dann? fragte ich. Andere Kinder können es doch jetzt schon kaufen.

Sarah küßte mich und antwortete, daß andere Kinder dafür nicht geküßt würden und daß man Liebe eben nicht kaufen könne, weil sie unbezahlbar sei.

Es waren die glücklichsten, die leichtesten Jahre meines Lebens gewesen. Hierher war ich zurückgekehrt.

Und nun war Sarah krank, sterbenskrank sogar. Ich packte schnell eine Tasche mit ein paar Hemden, Unterwäsche, Socken. Und fuhr los.

Das Sterben beginnt leise und unauffällig, mein Kind. Es schleicht sich in unseren Körper, nimmt Besitz von ihm, innerlich, ohne Alarmsignale. Der Mensch macht noch Pläne. Glaubt, über sein Zeitkontingent auf Erden verfügen zu können. Mißachtet die Endlichkeit. Wir wissen, daß wir sterben müssen. Aber wir leben, als ob es anders wäre. Manchmal erschrecken wir, wenn ein Mensch, den wir kennen, krank wird oder stirbt. Dann dringt das Wissen, daß dies auch unser unausweichliches Ende ist, in unser Bewußtsein. Aber dieses Erschrecken verschwindet schnell. Wir lassen uns weiter fremdbestimmen, verschwenden unsere Zeit. So viele Projekte, Träume und Wünsche, die wir auf morgen oder übermorgen verschieben. Und dann steht sie plötzlich und überraschend vor uns, die Endlichkeit.

Ich schaute auf die Autobahnschilder. Noch vierhundert Kilometer. Wenn ich Glück hätte, würde ich gegen drei Uhr nachts ankommen. Tränen schossen mir in die Augen. Lieber Gott, laß sie am Leben, betete ich. Wann hatte ich das letzte Mal zu Gott gesprochen? Ich glaubte doch nicht an ihn. Ich erinnerte mich an den Streit mit meinem Vater, als ich nicht mehr in den Religionsunterricht gehen wollte. Und an seine Ohrfeige. Die einzige. Und doch sprach ich mit Gott. Konnte es sein, daß ich etwas mißverstanden hatte? Daß ich mich geirrt hatte mit meiner Überzeugung, daß es nichts vor und nach dem Leben gab? Und wenn es doch ein Jenseits gäbe? Eine Macht, die alles lenkte? Wenn wir doch nur Marionetten waren, uns nur einbildeten, autonom und frei unser Leben zu bestimmen? Wieso waren wir sonst so hilflos, wenn es um Krankheit und Tod ging? Hatten wir andererseits nicht schon unglaubliche Fortschritte gemacht? Hatten wir nicht mit neuen Medikamenten schon so viele Krankheiten besiegt? Doch im selben Augenblick, wie wir über einen Erfolg staunten, schickte Gott uns neue Krankheiten, um uns zu zeigen, wer wirklich über Leben und Tod herrschte.

Sarah durfte nicht sterben. Sie mußte leben. Meine Mutter mußte am Leben bleiben. Wenn sie sterben würde, dann würde Ariel ihr folgen. Das wußte ich ganz sicher. Ohne sie würde er nicht leben wollen. Nicht nach fast fünfzig Jahren gemeinsamen Lebens. Und ich würde dann allein, endgültig allein bleiben.

Ich hielt an einer Tankstelle an. Rauchte eine Zigarette. Tankte und betrat ein kleines Restaurant. Bestellte einen Kaffee. Um mich herum saßen Lastfahrer. Ihre Gesichter waren blaß und müde. Wie meines.

Was für ein Leben, dachte ich, Tausende Kilometer fahren. Von einem unbekannten Ort zum nächsten. Auf tristen Autobahnparkplätzen übernachten. Wie auf der Flucht.

Und ich, wovor floh ich? War ich geflohen, als ich Deutschland verlassen hatte? Als ich meine Eltern allein gelassen hatte, obwohl ich mir doch geschworen hatte, sie immer zu schützen? Hatte ich die Vergangenheit, die meine Gegenwart vergiftete, und mir jede Zukunft unmöglich gemacht hatte, nicht mehr ausgehalten? Die Zigarette verbrannte meine Finger. Erschrocken fuhr ich auf.

Ich ging wieder zu meinem Wagen. Schaltete das Radio ein und hörte, wie der Nachrichtensprecher deutsch sprach.

Zurück zu Hause, dachte ich und wußte nicht, ob das eine Frage oder eine Feststellung war.

22

Neonlicht. Krankenhäuser haben ein ekelhaftes kaltes Licht. An der Pforte der Universitätsklinik saß ein müder Mann und sah fern. Irgendeinen Schwarzweißfilm.

Zu wem wollen Sie? Seine Stimme klang verärgert. Um diese Zeit wollte er nicht mehr gestört werden. Ich nannte ihm den Namen meiner Mutter.

Wissen Sie eigentlich, wie spät es ist? fragte er. Sein Ton wurde schärfer.

Es ist mir egal, wie spät es ist. Meine Mutter liegt hier, und ich will zu ihr, schrie ich.

Dann kommen Sie morgen wieder. Jetzt jedenfalls gibt es keine Besuche. Wo kommen wir denn hin, wenn hier Angehörige nachts einfach hin- und herlaufen.

Ich wollte in die Kabine stürmen, den Mann schütteln. Doch ich blieb stehen und sah zu, wie er einfach das Fenster zumachte, sich umdrehte und wieder in seinen Fernseher schaute.

Ich fuhr zu Ariel. Über die Friedensbrücke, am Filmmuseum vorbei. Richtung Innenstadt. Dann unsere Straße. Schließlich unser Wohnhaus. Mein Herz trommelte wie verrückt. Ich glaubte, daß ich es nicht schaffen würde, daß ich den Wagen nicht verlassen könnte.

Aber man kann, man kann viel mehr, als man sich vorstellen kann, mein Kind.

Ich sah, daß unsere Wohnung beleuchtet war. Es war drei Uhr morgens. Als ich meinen Schlüssel leise im Schloß herumdrehte und die Tür öffnete, saß er da. Er hörte mich nicht. Wahrscheinlich trug er sein Hörgerät nicht. Ich sah meinen Vater, vornübergebeugt, das Gesicht in den Händen

85

verborgen. Sein Rücken war gekrümmt. Totenstille. Die Kristallampe verströmte ihr gedämpftes Licht. Wie traurig hier alles war. Meine Rückkehr, der Anlaß, mein verstörter Vater und ich, zerrissen von Angst, Trauer und dem sicheren Gefühl, nun endgültig nichts mehr in diesem Land verloren zu haben.

Ich ging auf Ariel zu. Sah das Gemälde, das hinter ihm hing. Der Innenraum einer Synagoge. Männer mit Bärten und ihrem Tallit, dem Gebetsmantel, den Vorbeter und den Thoraschrein. In düsteren Brauntönen, kaum Licht. Das Bild hatten meine Eltern, bevor sie ins Ghetto mußten, bei christlichen Polen versteckt. Es war die Synagoge, die mein Großvater erbaut hatte. Nach dem Krieg hatten sie das Gemälde abgeholt. Die einzige Erinnerung an die Zeit davor. Der Beweis, daß es ein Leben in dieser Familie vor der »bösen Zeit« gegeben hatte.

Als ich Ariel so sitzen sah, fragte ich mich plötzlich, ob er je in einem neuem Leben angekommen war. War er nicht immer noch dort, im Schtetl, im jüdischen Kraków? Wo war er wirklich mit seinen Gedanken und Gefühlen? Bei seiner großen Familie, im Cheder, der jüdischen Religionsschule, im Ghetto, in den Lagern? Waren wir uns je so nahe gewesen, daß ich die Grenze zwischen seiner Vergangenheit und unserer Gegenwart überschritten hatte? Oder war ich am Ende trotz aller Liebe einsam und allein geblieben in diesem Dreierbund, zwischen Sarah und Ariel einerseits und ihren Erfahrungen, ihrem Leben und mir?

23

Mama, schrie ich, als ich sie sah.

Sie lag in einem Bett auf der Intensivstation. Ein großer Raum, von weißen Plastikvorhängen unterteilt. In ihrem rechten Handrücken steckten unter einem weißen Pflaster die Infusionsnadeln. Geräte waren an ihrem Körper angeschlossen. Sie machten Geräusche. Piepten, klingelten oder summten.

Ihr Kopf lag auf einem dicken Kissen. Ich konnte sie kaum erkennen, so sehr war sie abgemagert. In diesen wenigen Wochen mußte sie fünfzehn Kilo verloren haben. Ihre Zahnprothese lag in einem Wasserglas. Meine arme Mutter! Meine eitle Mutter! Sie, die nie ungeschminkt das Haus verlassen hatte, die sich immer ihren roten Lippenstift nachgezogen hatte, die Wert auf schöne Kleidung und gutes Parfum gelegt hatte, sie, die nicht einmal wollte, daß ihr eigener Mann sie ohne Zähne sah, und jeden Abend wartete, bis er eingeschlafen war, um dann ins Bad zu gehen und die Prothese ins Glas zu legen, die mir sagte, daß das etwas mit Würde zu tun habe und auch ich immer darauf achten solle, daß ich nicht vernachlässigt unter Menschen ging, daß ich, je mehr ich einen Menschen lieben würde, und erst recht eines Tages meine Frau, daran denken solle, gerade ihr gepflegt gegenüberzutreten. Ebendiese wunderbare Frau mußte ertragen, daß sie morgens in einem Bett neben anderen fremden Menschen im Zimmer lag und ihre Zahnprothese nicht im Mund hatte.

Mama, Mama, flüsterte ich ihr ins Ohr.

Sie öffnete die Augen und lächelte mich zahnlos an. Wie hilflos sah sie in diesem Moment aus. Wie ein kleines

Mädchen mit der vertrockneten, faltigen Haut und den traurigen Augen einer alten Frau. Ich konnte nichts sagen. Mein Hals war trocken, meine Stimmbänder gelähmt.

Jeder weiß, daß Eltern eines Tages sterben. Ich hatte vor diesem Augenblick Angst, seit ich so alt war wie du jetzt, mein Kind. Die Todesangst begleitete mich, seit ich denken kann. Aber die Angst vor etwas und die Realität selbst sind zweierlei Dinge. Was immer man sich vorstellen mag, die Wirklichkeit ist etwas anderes. Und das ist gut so. Würden wir Menschen vorher wissen, was auf uns zukommt, und fühlen, wie es sich dann anfühlt, wir würden entweder wahnsinnig werden oder uns umbringen.

Ich griff nach ihren Zähnen, legte meine rechte Hand unter ihren Rücken, hob sie ein wenig hoch, bat sie, den Mund zu öffnen, und schob ihr die Prothese in den Mund. Sofort veränderten sich ihre Gesichtszüge. Sie hatte ihr Gesicht zurückbekommen, wenn auch viel magerer als früher, aber doch erkennbar.

Du wirst wieder gesund, war der erste Satz, den ich herausbekam und für dessen Banalität ich mich im gleichen Augenblick schämte. Aber was sagt man sonst in so einer Situation? Daß die eigene Mutter das Krankenhaus nicht mehr verlassen würde?

Wir werden kämpfen, Sarah. Hörst du, du wirst wieder gesund. Ich bin da. Und ich werde dich nicht verlassen, bis wir beide gemeinsam dieses Krankenhaus verlassen.

Beug dich vor, Jeschua, sagte sie. Es war das erste Mal seit vielen Jahren, daß sie mich mit meinem jiddischen Vornamen ansprach. Dann streichelte sie meine Wange. Ich spürte, wie ihre Hand zitterte. Mir liefen Tränen über das Gesicht.

Weine nicht, weine nicht, sagte Sarah, alles wird gut. Ich verspreche dir, alles wird gut.

Dann schlief sie ein. Sie schlief viel in dieser Zeit im Krankenhaus. Schlaf heilt viele Wunden.

Komisch, dachte ich, als sie gesund war, litt sie an Schlaf-losigkeit, und jetzt, wo sie krank ist, ist sie davon geheilt. Wie viele Träume ihres Lebens sie wohl nachholt?

Auf dem Gang vor dem Krankenzimmer war Hoch-betrieb; Ärzte, Pfleger, Putzpersonal liefen geschäftig hin und her. Dann kam der Chefarzt, Professor Ballhaus, und untersuchte sie.

Sind Sie der Sohn? fragte er mich. Er war noch jung. An-fang Vierzig. Groß. Schlank. Er trug eine Brille. Sein Haar war schon ergraut.

Ich möchte mit Ihnen sprechen, sagte er.

Ich auch mit Ihnen.

24

Ich werde mich nie damit abfinden, daß Menschen sterben müssen. Der Tod ist ungerecht. Immer. Egal, ob ein Kind stirbt oder ein Greis. Er ist unbarmherzig. Aber wie schlimm der Tod auch sein mag, das Sterben ist noch schlimmer. Sterben ist unwürdig. Leiden mit der Hoffnung auf Genesung ist anstrengend, ist schmerzhaft, aber immer sinnvoll, denn das Ende heißt Leben. Doch Leiden und Schmerzen, wenn nur der Tod wartet, sind überflüssig, sinnlos, unmenschlich. Aber weiß der Mensch, wann das Ende kommt? Und wenn er es weiß, wie soll er es akzeptieren? Soll er einfach aufgeben? Sich fallenlassen? Sich dem Schicksal übergeben oder kämpfen? Kämpfen bis zur letzten Sekunde? Denn wer kennt schon das Schicksal?

Wollen Sie eine Zigarette? fragte Ballhaus.

Gerne.

Er zündete sie mir an.

Ihre Mutter ist vor drei Tagen eingewiesen worden. Sie hat Leukämie. Wir haben ihr gesagt, daß sie Osteoporose hat. Ihre Knochen brechen. Zwei Wirbel. Ich weiß nicht, ob sie die Wahrheit kennt.

Ich weiß.

Was wissen Sie?

Ich weiß, daß meine Mutter Leukämie hat. Unser Hausarzt hat dies schon vor fünf Jahren festgestellt. Sie hat Tabletten genommen.

Ich weiß, sagte diesmal Ballhaus. Ihr Hausarzt hat sie eingewiesen.

Er stand auf, ging zum Fenster, öffnete es. Die frische Luft tat mir gut. Sein Zimmer war schlicht eingerichtet. Ein

PC, in die Tischplatte eingelassen, eine Untersuchungsliege, ein Glastisch mit Tupfern, Spritzen, in Plastikhüllen eingeschweißt, Alkohol zum Desinfizieren. Ein Stethoskop lag auf seinem Schreibtisch. Notizblock, schwarzer Füllfederhalter.

Sie wird sterben, sagte er.

Nein! Ich schrie. Nein. Sie dürfen so was nicht sagen. Sie müssen daran glauben, daß Sie sie heilen werden. Wenn Sie sie aufgeben, hat sie nicht die geringste Chance. Hören Sie, brüllte ich, hören Sie, wenn Sie das noch einmal sagen, lasse ich sie in ein anderes Krankenhaus verlegen. Solange sie atmet, hat sie eine Chance. Sie lebt! Sie lebt noch, verdammt noch einmal, sie lebt noch. Ich verstummte. Tränen liefen mir übers Gesicht. Ich zitterte. Ballhaus war auf mich zugekommen und nahm mich in die Arme.

Also gut. Wir werden alles tun, damit sie lebt. Aber wollen Sie wirklich, daß wir alles, wirklich alles medizinisch Mögliche tun?

Ja, sagte ich und weinte weiter.

Ich ging wieder in das Krankenzimmer zurück, nahm mir einen Stuhl, setzte mich an Sarahs Bett und blieb reglos sitzen. Die Stunden vergingen. Es wurde dunkel. Ariel kam Sarah besuchen. Er schaute sie an, und ich schaute ihn an. Er litt. Seine Augen waren müde und traurig. Auch er war alt geworden. Meine Eltern würden mich verlassen. Bald. Ich spürte es. Alles in mir lehnte sich dagegen auf. Aber die Angst war stärker. Hier waren wir nun angekommen. Vater, Mutter und Sohn.

Du mußt schlafen, Julien. Wir können jetzt nichts machen, komm, wir gehen nach Hause.

Er sagte nichts mehr. Nicht im Auto, nicht zu Hause. Es war totenstill. Schließlich stand er auf, wusch sich und legte sich ins Bett. Als ich in das Schlafzimmer ging, sah ich, daß Sarahs Seite, das Kopfkissen, ihre Bettdecke unberührt waren. Ariel lag da und weinte.

Ich werde wieder ins Krankenhaus zurückfahren, sagte ich, ich kann sowieso nicht schlafen.

Krankenhäuser in der Nacht sind unheimlich. Die Stille macht einem noch bewußter, wie zerbrechlich die Gesundheit und das Leben sind. Kaltes Neonlicht, dunkle Gänge, kein Mensch auf den Korridoren. Ich fuhr in den sechsten Stock. Im Aufzug Kritzeleien von Besuchern. Ich stieg aus und klingelte an der verschlossenen Tür. Eine übermüdete Ärztin öffnete.

Was wollen Sie hier? Es ist ein Uhr morgens.

Ich will zu meiner Mutter, sagte ich.

Können Sie das Schild nicht lesen?

Sie war wütend. Ich hatte sie gestört.

Hier steht ausdrücklich, daß Besuchszeit nur zwischen sechzehn und achtzehn Uhr ist.

Ich sah sie verdutzt an.

Und wenn vorher etwas passiert? Der Tod nimmt keine Rücksicht auf Besuchszeiten.

Sie ließ mich schweigend hinein.

Wieder saß ich auf meinem Stuhl. Sarah schlief. Nachts waren die Geräusche der Apparate noch unerträglicher. Dazu die Knöpfe, die rot, grün, gelb aufleuchteten. Im Bett neben Sarah lag ein Patient, der gerade eingeliefert worden war. Schwerer Herzinfarkt. Zwei Ärzte und drei Pflegerinnen behandelten ihn. Sie hatten den Vorhang zugezogen. Ich konnte ihre Anweisungen verstehen. Klar, ruhig und routiniert. Alltag. Ich schaute auf die Lichter der Stadt. Wollte mich ablenken, die Geräte, das Neonlicht der Krankenhausflure vergessen.

Mein Sohn, was machst du hier? Es ist mitten in der Nacht. Sarahs Stimme klang schwach. Ich werde nicht sterben.

Doch sie ließ meine Hand nicht los, während sie sprach. Dann fuhr sie fort: So viele Dinge will ich dir noch erzählen. Man verschiebt immer wieder Sachen, die man aussprechen, die man erzählen will. Und dann merkt man plötzlich, daß die Zeit vergeht. Vielleicht hatte ich aber auch nur einfach Angst, daß das Gesagte mich nicht mehr ruhen lassen würde.

Was willst du mir erzählen, Mama? Sag es mir! Die Nacht ist lang, ich habe Zeit.

Hast du dir nie die Frage gestellt, warum du ein Einzelkind bist? Warum du keine Brüder und Schwestern hast?

Sarah schaute mich lächelnd an.

Du mußt wissen, daß du für Ariel und mich etwas ganz Besonderes bist. Was auch immer in deinem Leben passieren wird, vergiß nie, daß dein Leben für uns das Wichtigste auf dieser Welt ist. Ariel wollte nie Kinder. Er hatte so eine Angst, daß das Unglück wieder zurückkehren könnte. Ich war zweimal schwanger. Er bestand jedesmal darauf, daß ich abtreibe.

Keine Kinder, sagte er, ich könnte es nicht ertragen, daß meinem Kind etwas zustößt.

Unser Leben war ein Leben der Erinnerung, der Trauer. Wir konnten uns eine glückliche Zukunft nicht vorstellen. Und Kinder bedeuten Zukunft, Optimismus, Hoffnung. Woher sollte die Kraft kommen? Was sollte man ein Kind lehren? Daß der Holocaust ein Betriebsunfall der Geschichte war? Einmal und nie wieder? Ariel sagte, selbst wenn es so wäre, wären die Pogrome nicht schon genug, um zu verzweifeln? Könntest du es ertragen, wenn dein eigenes Kind nach Hause kommt und dir erzählt, daß man es beschimpft, bespuckt oder geschlagen hat, weil es Jude ist? Jedesmal wenn ich entdeckte, daß ich schwanger war, versuchte ich ihn zu überzeugen. Ich sagte ihm, daß man ohne Hoffnung, ohne die Gewißheit der Liebe nicht weiterleben könne. Warum bringen wir uns dann nicht gleich um, wenn wir an das Morgen nicht glauben? fragte ich. Wozu die Anstrengung aufzuwachen? Sich die Zähne zu putzen, sich anzuziehen, den Tag zu meistern, die Nacht zu ertragen?

Es geht nicht um uns, sagte Ariel, wir sind übriggeblieben. Kein Mensch weiß, warum. Übriggeblieben aus der Hölle, dem Feuer, der Asche. Niemand kann es sehen, aber wir wissen es. Wir verwesen, langsam, bis der Tod uns endgültig holen wird.

Und dann kamst du. Ich wußte genau, welche Nacht, in der Ariel und ich uns liebten, die Nacht deines Entstehens war. Diese Nacht in Cannes, in der wir uns voller Vertrauen und Liebe begegnet sind. Wir haben nicht nur miteinander geschlafen, wir haben uns etwas versprochen, nämlich daß wir zusammengehören.

Zwei Monate später beichtete ich Ariel, daß ich wieder schwanger war. Nächte habe ich nicht geschlafen, aus Angst vor seiner Reaktion. Ich wußte, wenn ich wieder abtreiben müßte, würde ich nie mehr Kinder bekommen.

Also nahm ich meinen ganzen Mut zusammen. Wir saßen in unserer kleinen Wohnung in Paris. Ich deckte den Tisch feierlich. Kerzenlicht, das gute Geschirr, zog mir mein schönstes Kleid an, dunkelblau, mit einem tiefen Ausschnitt. Ariel liebte dieses Kleid.

Deine roten Haare glänzen so schön, wenn du es trägst, sagte er.

Willst du mich heute verführen? fragte er, als er nach Hause kam.

Nein, verwöhnen. Laß dich doch einfach überraschen.

Wir aßen, sprachen über tausend Belanglosigkeiten.

Also, was ist los? fragte er schließlich.

Ich bin wieder schwanger.

Er schaute mich wortlos an. Sein Gesicht blieb starr.

Ich weiß, sagte er leise. Ich weiß.

Dann stand er auf, ging ins Schlafzimmer, zog sich aus und legte sich ins Bett. Wir sprachen zwei Tage nicht mehr darüber. Er sagte nichts, ich sagte nichts. In einer Ehe ist es manchmal besser, Dinge stehenzulassen, sie nicht zu erzwingen. Ach was. Nicht nur in einer Ehe. Du kannst einen anderen Menschen nicht zwingen. Und wenn du es trotzdem tust, wird es immer eine Katastrophe geben.

Am dritten Tag, wir lagen nebeneinander im Bett, sagte er: Du wirst dieses Kind bekommen. Wir werden es beschützen und lieben.

Sarah schaute mich an, Tränen liefen ihr über die eingefallenen Wangen. Sie hatte ihre Zähne wieder herausgenommen. Nachts war es zu gefährlich, sie im Mund zu behalten. Sie hätte im Schlaf ersticken können. Ich beugte mich vor und streichelte ihr Gesicht. Die Geräusche der Automaten, die ihr Leben erhielten, waren unüberhörbar.

Dann schlief sie ein.

Ich sah aus dem Fenster der Klinik. Draußen fuhren Autos. Menschen versuchten die letzte Straßenbahn zu erreichen. Machten Pläne. Saßen in Restaurants zusammen und besprachen ihr Leben. Das Morgen und das Übermorgen.

Was für eine Überheblichkeit, dachte ich. Als ob wir in der Lage wären, die nächste Sekunde zu erahnen.

Meine Gedanken verirrten sich in die Vergangenheit. Ich mußte daran denken, wie meine Mutter mir verboten hatte, Eis zu essen. Das ist zu kalt. Du wirst davon Halsschmerzen bekommen.

Wieso bekommen die anderen Kinder keine Halsschmerzen?

Andere Kinder interessieren mich nicht.

Als Kompromiß durfte ich dann das Eis essen, nachdem es wie ein Pudding zermanscht worden und nicht mehr kalt war.

Ich mußte immer warm angezogen sein.

Denk an die Grippe, sagte Sarah.

Aber ich bekomme sie, weil ich schwitze, nicht, weil ich friere.

Der Kompromiß war, daß ich keine Mützen tragen mußte, weil ich mich geweigert hatte, das Haus zu verlassen.

Alle anderen Kinder lachen mich doch aus, sagte ich.

Ich mußte daran denken, wie sie mich zum Sport, zum Musikunterricht, zum Theater, zum Sprachunterricht geschickt hatte.

Andere Kinder müssen auch nicht soviel lernen, sagte ich.

Was interessieren mich andere Kinder. Eines Tages wirst du an mich denken, und du wirst sagen, gut, daß ich soviel gelernt habe. Du wirst überall auf der Welt sein können und dich nicht schämen müssen, weil du mit den Menschen nicht sprechen kannst oder nicht kultiviert bist.

In diesem Punkt kein Kompromiß.

Ich mußte daran denken, wie sie für mich mein Lieblingsgericht gekocht hatte. Wiener Schnitzel oder Spaghetti oder kroß gebratenes Hähnchen.

Sie ging jeden Tag zum Bäcker (backen konnte sie nicht) und kaufte mir im Sommer Streuselkuchen und im Winter Kreppel. Nachmittags stellte sie mir eine Schokolade zum Kuchen hin und sah mir beim Essen zu.

Ich mußte daran denken, wie sie mir abends den Rükken streichelte, geduldig, als hätten wir alle Zeit der Welt. Mir die Geschichten des Tages erzählend und mich küssend. Ich mußte daran denken, daß sie mit meinen Lehrern sprach, wenn ich in der Schule etwas angestellt hatte, und wie sie lächelnd zurückkam, und alles war wieder gut.

Ich mußte daran denken, daß sie und Ariel auf ihren Urlaub verzichteten, damit ich mit Freunden wegfahren konnte. Und wie sie am Balkon stand, winkend, weinend, und sich von mir verabschiedete.

Ich mußte daran denken, daß sie mir, wenn ich nicht zu Hause war, jeden Tag einen Brief schrieb und mir ihre Liebe versicherte.

Ich mußte daran denken, wie stolz sie war, als ich mein Abitur machte, meine Examina.

Und wie sie mich tröstete, als ich durch die Führerschein-prüfung fiel und verzweifelt weinte, weil ich dachte, daß die Welt unterginge, und sie mir versicherte, daß alles gut ge-hen würde.

Ich mußte daran denken, wie sie meine erste Freundin beäugte, eifersüchtig, neugierig, ängstlich, aufgeregt. Wie sie so tat, als ob sie nichts wußte, und ich genau wußte, daß sie etwas wußte.

Ich mußte daran denken, wie glücklich ich war, wenn sie meinen Vater küßte und umarmte, wie er sich dafür schämte, schüchtern und ein wenig verklemmt darauf reagierte.

An all das mußte ich denken, als plötzlich die Tonsignale ihrer Apparate zu brummen, zu piepsen begannen und zwei Ärzte und eine Pflegerin angerannt kamen, die mich zur Seite schoben.

Lebe, Sarah. Bitte lebe. Laß mich nicht allein.

25

Schleim absaugen. Röcheln. Sarah atmete schwer. Die Ärzte kamen, Schwestern, steckten einen Schlauch in ihren Hals, schoben ihn durch die Luftröhre. Schnell. Präzise. Routiniert. Auf ihrer Stirn bildeten sich Schweißperlen. Ich stand sinnlos herum. Voller Angst. Dann Entwarnung. Die Infusionen wurden neu eingestellt. Medikamente in die Schläuche gespritzt. Die Ärzte gingen wieder. Ruhe. Als wäre nichts geschehen.

Wie viele Nächte wird sie noch leiden? Wird sie das Krankenhaus wieder verlassen? Und wenn ja, in welchem Zustand?

Es war hell, als ich aufwachte. Mein Rücken schmerzte. Ich war auf dem Stuhl eingeschlafen. Sarah sprach im Schlaf. Polnisch. Ihre Muttersprache.

Ich werde jetzt nach Hause fahren. Zu Ariel. Werde frische Brötchen kaufen. Mich duschen. Rasieren. So wie ich es von ihm gelernt habe. Ich werde Äpfel kaufen und ein Kompott machen. Sarah braucht Vitamine.

Die Straßen waren noch leer. Die Stadt wachte auf. Langsam. Müllautos. Ich sah eine Bäckerei. Als ich sie betrat, schlug mir der Geruch von warmem Teig entgegen. Wie angenehm sind Bäckereien ganz früh am Morgen, die Gerüche von Brot und Kuchen. Ich bestellte einen doppelten Espresso. Das Leben geht einfach weiter, dachte ich. Egal, was in dieser Intensivstation passiert, ob dort Menschen sterben oder nicht, alles nimmt seinen Lauf. Der Tod kommt willkürlich. Zufällig. Ohne Bedeutung für den Rest der Welt.

Ich betrat unsere Wohnung. Leise. Ich wollte Ariel nicht

wecken. Er saß immer noch am Eßtisch. Er sah elend aus. Alt und elend. Tiefe Augenringe, graue Haut. Bartstoppeln.

Ich mache uns Frühstück, sagte ich.

Wie war die Nacht?

Gut, log ich und erzählte nicht, daß Sarah beinahe erstickt wäre. Während ich das Frühstück vorbereitete, rasierte und wusch Ariel sich. Ich hörte ihm zu. Als wäre die Zeit stehengeblieben. Ich kannte jede seiner Gesten. Wie oft hatte ich ihm als Kind zugesehen, wenn er sich rasierte und wusch. Gleich wird er seine Parfumflasche öffnen, sie umdrehen und sich mit der klaren Flüssigkeit einreiben. Die ganze Wohnung wird nach ihm riechen. Dann wird er an den Schrank gehen, sich frische Unterwäsche, ein weißes Hemd anziehen (er trägt nur weiße Hemden) und eine Krawatte umbinden, denn Ariel trug immer seine Krawatte, selbst wenn er zu Hause blieb.

Ich kochte die Äpfel.

Was machst du da? fragte er.

Kompott, für Mama.

Er lächelte, kam auf mich zu, nahm mich in die Arme. Ich liebe dich, mein Sohn.

Wir schwiegen. Worüber redet man, wenn der Tod auf der Lauer liegt?

Ich zerdrückte die gekochten Äpfel und füllte sie in ein leeres Konfitüreglas.

Ich fahre wieder zu Mama, sagte ich. Mein Herz klopfte vor Angst.

Als ich die Station betrat, spürte ich, daß etwas nicht in Ordnung war. Ich rannte zu Sarah. Ärzte standen vor ihrem Bett.

Was ist los? fragte ich.

Sie hat eine Lungenentzündung. Der Schleim. Sie ist einfach zu schwach. Hohes Fieber. Wir haben ihr ein Antibiotikum gegeben.

Ich setzte mich auf meinen Stuhl. Hielt ihre Hand. Sie glühte. Sie schwitzte. Die Zeit stand still. Stand und stand. Erdrückte mich. Ich hatte Angst. Ich war hilflos. Was konnte ich tun? Ich hatte doch gelernt, auf jede Frage eine Antwort zu wissen. Ich hatte mich doch dressiert, alles im Griff zu haben. Keine Diskussion hat mir Angst gemacht. Kein Streit, den ich nicht erfolgreich gewann, und jetzt? Warten.

Mittags kam Professor Ballhaus vorbei. Visite.

Und? fragte ich ihn.

Können wir uns in einer Stunde bei mir unterhalten?

Ich saß in seinem Arztzimmer.

Er sah mich schweigend an. Dann fragte er: Was sollen wir machen?

Wie meinen Sie das?

Sie wird die Lungenentzündung überleben. Die Medikamente schlagen gut an. Aber sie wird bald eine neue Infektion bekommen. Und wenn nicht, wird ein Organ aussetzen. Wahrscheinlich kriegen wir das auch in den Griff. Und dann wird sie wieder eine Lungenentzündung bekommen. Ein paar Tage lang wird es vielleicht sogar so aussehen, als ob es ihr wieder gut geht. Bis dahin wird sie einen Tubus bekommen. Sie wird sich wundgelegen haben. Ihre Haut ist dünn, Fett ist kaum noch da. Was sollen wir machen?

Ich brauche Zeit, sagte ich und verließ das Zimmer.

Mit einem kleinen Löffel schob ich ihr das Apfelkompott in den Mund. Sie wollte nicht essen.

Du mußt, sagte ich und erinnerte mich daran, wie meine Mutter mich gefüttert hatte, als ich klein war. Du mußt. Du mußt wachsen, hatte sie zu mir gesagt.

Wie kindisch der Mensch ist. Jeden Strohhalm ergreift er. Täglich brachte ich Sarah Apfelbrei. Wenn sie ihn aufaß, war ich sicher, daß es bergauf ging, wenn nicht, war ich todtraurig. Ich merkte nicht, daß sie mir einen Gefallen tun wollte. Daß sie mir zuliebe aß. Ich quälte sie, statt sie zu pflegen.

Einige Tage später, als es ihr besser ging, das Fieber gefallen war, sagte sie: Ich muß mit dir sprechen.

Worüber?

Über mein Begräbnis.

Wovon sprichst du eigentlich? Ich wurde laut.

Julien. Schau mich an. Wir müssen darüber reden. Ich tue alles, um gesund zu werden. Aber man weiß nie.

Wir schauten uns kurz an. Ich wußte, daß sie wußte, daß sie nicht gesund werden würde, sie wußte, daß ich es wußte, aber wir taten beide so, als hätten wir keine Ahnung. Betrug, Selbstbetrug.

Nicht in Deutschland, sagte sie.

Du hast hier gelebt, wieso willst du nicht auch hier begraben sein?

Weil ich nicht möchte, daß mein Grab besudelt wird. Weil ich nicht will, daß du Kaddisch sagst und ich mit deutscher Erde beworfen werde. Weil diese Erde voller Blut ist. Weil …

Sarah war erschöpft. Aber sie sprach weiter: Weil wir nicht nach Deutschland hätten zurückkommen dürfen. Es hat etwas mit Respekt zu tun, nicht hier zu leben, nach all dem, was man uns angetan hat.

Aber du hast mir doch gesagt, daß man nicht ein ganzes Volk schuldig sprechen kann. Und daß junge Menschen keine Schuld tragen. Schau dir die Ärzte, die Schwestern an. Wie sie sich um dich bemühen, versuchte ich sie zu besänftigen.

Es geht nicht um die Deutschen. Du hast mit allem recht. Und es ist viel geschehen. Nichts ist zu vergleichen mit der »bösen Zeit«. Aber es geht um uns. Um mich. Es ist eine Frage der Selbstachtung. Wir haben uns schon wieder an zu viel gewöhnt. Ich will in Ruhe unter der Erde liegen. Ich will endlich Frieden. Julien, was passiert ist, war ein Erdbeben, wie es die Menschheit so noch nicht erlebt hat. Es braucht Zeit. Zeit und Geduld. Es wird der Tag kommen, und es wird Geschichte sein. Aber es braucht Zeit. Wir können die Zeit nicht betrügen.

Wo? fragte ich sie

In Israel. Endlich zu Hause.

Die Wochen vergingen. Sarahs Zustand verschlechterte sich. Eines Abends sprach mich Ballhaus an.

Wollen wir spazierengehen? Eine Zigarette rauchen?

Das Klinikgelände war leer. Die Besucher waren wieder nach Hause gegangen. Das Abendessen gereicht. Die meisten Kranken schliefen schon.

Haben Sie nachgedacht? fragte er.

Ich kann nicht, antwortete ich.

Schweigend gingen wir nebeneinander.

Ich liebe sie, sagte ich, wie kann ich entscheiden, daß Sie sie nicht mehr behandeln und sie stirbt? Sie ist meine Mutter. Wer gibt mir das Recht?

Ich bin Arzt. Mein Beruf ist es zu heilen. Ich bin Chefarzt der Intensivstation. Hier werden Menschen eingeliefert, die dem Tod begegnet sind, die höchstwahrscheinlich sterben werden. Ein paar werden gesund. Viele nicht. Ich will wie Sie, daß Ihre Mutter morgen aufsteht, sich anzieht, mir auf Nimmerwiedersehen sagt und geht. Und Sie mit ihr.

Ein Krankenwagen fuhr mit Blaulicht an uns vorbei.

Hat sie mit Ihnen gesprochen? fragte Ballhaus mich.

Nein. Wir reden nicht über den Tod. Ich erzähle ihr, daß sie gesund werden wird, und sie tut so, als ob sie mir glaubt.

Sprechen Sie mit ihr. Sie ist stärker, als Sie glauben.

Nichts in meinem Leben war schmerzhafter, als mit anzusehen, wie meine Mutter Tag für Tag starb. Ein Kind sollte nicht sehen, wie seine eigene Mutter gewickelt wird. Gefüttert werden muß. Vor Schmerzen schreit. Nach Medikamenten brüllt.

Und doch hatte ich nicht die Kraft, mit Sarah darüber zu sprechen, wie sie sich ihren Tod vorstellte. Ob sie erlöst

102

werden wollte. Auch sie sprach das Thema nicht an. Wahrscheinlich weil ich es nicht tat. Wir schonten uns gegenseitig. Vielleicht war ich aber auch feige. Ich hielt ihre Hand, blieb Tag und Nacht bei ihr, fütterte sie mit Apfelmus, verlernte zu schlafen, verzweifelte, isolierte mich, konnte mit niemandem mehr sprechen als mit den Geräten, die piepsten und mich nachts blau, grün oder rot anblinzelten. Die Wochen vergingen, die Monate wechselten sich ab. Sarah wog nur noch vierzig Kilo.

Eines Nachts schaute sie mich an und sagte: Schau nicht so traurig, Julien. So ist das Leben. Aber denke immer daran: Schrei nach Leben, schrei, so laut du kannst. Schrei, weil das Leben auch stumm macht, darum schrei, so laut du kannst, denn du lebst, du atmest, du lachst, und du weinst, du lebst die Augenblicke, die du bist, die Hoffnung, die du hast. Schrei, Julien, schrei.

Drei Tage später fiel Sarah ins Koma.

26

Wenn der Tod anklopft, verliert das Leben den Grund, auf dem es scheinbar steht. Man ist erstaunt, überrascht, obwohl der Tod das Leben wie ein siamesischer Zwilling begleitet. Er erinnert uns unerbittlich daran, daß alle unsere Pläne, unsere Illusionen, Hoffnungen und Träume endlich sind. Und daß unser hilfloses Bestreben, dies zu überwinden, lächerlich und zum Scheitern verurteilt ist. Plötzlich bedeutet die Endlichkeit mehr als je zuvor. Die Sekunde im Jetzt wird das Ziel aller Hoffnungen. Bitte, noch eine Stunde, noch eine Minute, noch eine Sekunde, aber bitte das Leben.

Uns wird plötzlich bewußt, daß Vergangenheit und Zukunft Täuschungen sind und nur das Jetzt, das Hier und nur die Gegenwart, diese immer wiederkehrende, vom Bewußtsein nicht wirklich wahrnehmbare Mikrosekunde, die vergeht, ohne daß wir es merken, Leben bedeutet.

Ob Sarah noch etwas wahrnahm? Mich hören, spüren, riechen konnte? Oder konnte sie es nicht mehr aushalten mitzuerleben, wie sie Stück für Stück verfiel, abnahm, ihre Würde verlor, zusehen mußte, wie fremde Menschen sie drehten, wuschen, ihr die Bettpfanne unter das Gesäß schoben?

Wollte sie sich oder etwa mich schonen, verhindern, daß ihr Kind dies alles sah? Was hatte sie in meinen Augen gesehen? Hoffnungslosigkeit, Angst, Ekel, Abscheu, Mitleid, Liebe? Und was tat ihr am meisten weh? Spürte sie meine Trauer, erschreckten sie meine Tränen, konnte sie es nicht ertragen, daß sie mich nicht trösten konnte? Warum verabschiedete sich ihr Geist vor ihrem Körper?

Mama, geliebte Mama, hör mir zu, hör zu, was dein Sohn, dein Kind dir noch sagen will: Ich liebe dich. Du hast dich für mich entschieden. Du hast mich das Atmen, das Lachen, das Denken, das Fühlen, das Gehen, das Lernen, das Leben gelehrt. Wie oft habe ich dich genervt, habe dich dein Leben nicht leben lassen. Erinnerst du dich, als ich klein war, und du und Papa wolltet abends weggehen, wie ich weinte und schrie? Ihr hattet die Tür schon hinter euch zugesperrt, und ich weinte noch lauter. Ihr wart fest entschlossen, ins Kino zu gehen, mit Freunden essen zu gehen oder einfach mal zu zweit zu sein, und ich habe nicht nachgegeben. Wie oft seid ihr zurückgekehrt, habt eure Mäntel wieder ausgezogen, mich angelacht und euch für mich entschieden. Ich weiß das noch ganz genau, Mama, dieses wunderbare Gefühl, wenn ihr wieder da wart, dieses Gefühl, daß ich geliebt wurde. Ich weiß, wie oft ich dich angeschrien habe, ungerecht war, launisch und egoistisch. Und du, Mama? Hast es ertragen, mir nur von Zeit zu Zeit meine Grenzen gezeigt. Hör zu, Mama, unterbrich mich nicht. Wir haben nicht mehr viel Zeit. Vielleicht noch eine Makrosekunde. Du hast mir die Freiheit geschenkt und den Willen zum Leben. Ich habe dich öfter enttäuscht, als du weißt. Ich habe Mist gebaut und es gut vertuscht. Ich war ungerecht und habe aus Angst, dich zu enttäuschen, gelogen. Dachte, die Unwahrheit ist gerechter als schmerzhafte Wahrheiten. Ich war ein Kind. Ich wollte, daß du stolz auf mich bist. Daß du mit Ariel abends im Bett über mich sprichst und nur schöne Geschichten erzählst. Daß deine Freundinnen neidisch auf deinen Sohn sind. Ich wollte dir mein Leben geben, wie du mir dein Leben gegeben hast.

Ich werde nie ein so gütiger und bescheidener Mensch wie du sein können. Ich werde niemals meinen Egoismus hintanstellen können. Liebe so klar und bedingungslos schenken können. Mama, hör mir zu …

Doch Sarah antwortete mir nicht mehr. Sie lag da, friedlich, entspannt, die Augen geschlossen, leicht lächelnd.

27

Perla stand vor dem Haupteingang der Universitätsklinik. Es war sechs Uhr morgens, und ich wollte, wie jeden Tag, zu Ariel, mit ihm frühstücken, mich duschen, frische Kleider anziehen, meinen Topf Apfelmus vorbereiten, in der Hoffnung, daß Sarah vielleicht doch aufwachte.

Was machst du hier? fragte ich.

Ich warte auf dich.

Sie sah wunderschön aus. Ich hatte schon vergessen, wie sehr mich ihre Augen und ihr sinnlicher Mund faszinierten.

Woher weißt du?

Der Chefarzt ist mein Bruder.

Jetzt fiel mir ein, warum der Name Ballhaus mich so verwirrt hatte.

Willst du frühstücken?

Ich muß nach Hause, zu meinem Vater

Komm, Julien, laß uns einen Kaffee trinken.

Wir setzten uns ins Auto und fuhren schweigend durch die Straßen.

Ich hielt vor einer Bäckerei, die schon erleuchtet war, und wir setzten uns nebeneinander.

Schüchtern und scheu sahen wir uns an. Ich wollte sie fragen, ob sie noch mit Paul zusammen sei, statt dessen bestellte ich uns Milchkaffee, Croissants mit Erdbeermarmelade, Butter und Eier im Glas.

Immer noch umgab uns Schweigen.

Wie geht es deiner Mutter?

Sie stirbt, sagte ich und zündete mir eine Zigarette an.

Wie geht es dir?

Miserabel. Elend.

Unser Essen kam. Die Bedienung war noch nicht richtig wach. Sie stellte alles auf den Tisch, und wir fingen an zu essen. Das half. Es überbrückte die Stille. Worüber soll man reden, wenn man die Nacht mit einer Todgeweihten verbracht hat? Wenn die eigene Mutter nicht mehr spricht? Und wahrscheinlich nie mehr sprechen wird?

Wenn mein Bruder nach Hause kommt, sagte Perla, geht er an sein Klavier und spielt eine Stunde lang. Er sagt, daß ihn das rettet. Er sagt, daß es Dinge gibt, die überleben. Oder er spielt mit seinen Kindern. Da empfindet er dasselbe. Etwas überlebt, wenn ein Mensch stirbt. Der Kreislauf verliert ein Glied, doch das nächste ist schon längst da, um den Platz einzunehmen.

Was ist aber, unterbrach ich sie, wenn das nur eine hilflose Konstruktion ist, um die Sinnlosigkeit, die Einsamkeit des Lebens zu ertragen? Was, wenn all diese Erklärungen falsch sind? Wenn alles viel banaler ist? Wenn es stimmt, daß Asche zu Asche und Staub zu Staub wird? Wenn unser Leben genauso sinnlos ist wie unser Tod? Wenn es völlig gleichgültig ist, ob du gelebt hast oder nicht? Wenn unser Dasein genauso beliebig ist wie das einer Pflanze oder eines Tieres?

Aber das Sein einer Pflanze ist nicht beliebig. Sie hat ihren Sinn und eine Aufgabe. Sie sorgt für Ernährung oder ein besseres Klima. Kein Mensch ist sinnlos. Jedenfalls nicht für den, um den es geht. Du liebst dein Leben. Du willst leben. Du hast ein paar Jahre die Chance, diese Erde kennenzulernen, das Leben zu entdecken, seine Höhen, seine Tiefen, dich einzurichten, vorübergehende Spuren zu hinterlassen. Du kannst entscheiden. Kein anderes Lebewesen kann das. Du kannst fühlen und denken. Du kannst lernen. Und Erfahrungen sammeln. Du gibst neues Leben …

… und du stirbst, unterbrach ich sie.

Ja, und du stirbst. Aber bevor du stirbst, hast du gelebt. Und das ist das Entscheidende.

Du hast dich nicht verändert, sagte ich zu Perla, du mußt immer das letzte Wort haben.

Wie du, Perla lächelte.

Ariel wartete schon auf mich.

Ich war mit Perla frühstücken, sagte ich entschuldigend. Und Sarah?

Ich setzte mich an unseren Küchentisch und schaute meinen alten, kranken Vater an. Wo war der starke Mann geblieben, der mich als Kind umherwirbelte, bis ich es vor Angst nicht mehr aushalten konnte? Der große Baum, an den ich mich anlehnen konnte, bei dem ich mich ausweinen konnte?

Mama liegt im Koma, sagte ich leise.

Dann sollten wir keine Zeit verlieren und zu ihr fahren, sagte er fest. Doch bevor wir gehen, will ich dir noch eine Geschichte erzählen. Er trank einen Schluck Kaffee und fuhr fort:

In einem kleinen Dorf in Polen, es war die Zeit der Pogrome und des Schtetls, ging ein Schneider zum Rabbiner. Er sagte ihm, daß seine Frau im Sterben lag. Sie hatte ihm sieben Kinder geschenkt, war ihm eine wunderbare Lebenspartnerin gewesen, hatte sich um den Haushalt gekümmert und die Kinder in Liebe erzogen. Die Kinder, alle erwachsen und selbst schon Eltern, seien am Totenbett der Mutter und würden sie anflehen, noch nicht zu sterben. Sie sagten der Mutter, daß sie sie noch brauchen würden, daß sie ohne sie nicht leben könnten, daß sie ihnen noch ein wenig Zeit schenken solle, bevor sie starb und in den Himmel aufstieg. Die Mutter weinte bitterlich über die Klagen und die Hilferufe der Kinder und quälte sich Stund um Stund, um nicht zu sterben und ihre Kinder nicht allein lassen zu müssen. Der Schneider war verzweifelt, weil er seine Frau so sehr liebte und nicht ertrug, wie sie sich quälte. Er wußte, daß seine Frau sterben mußte und all das Geheule und die

108

Gebete nicht helfen würden. Andererseits konnte sie nicht in Frieden gehen, solange sie ihren Kindern keine Antwort auf ihr Wehklagen geben konnte. Und nun saß er beim Rabbiner und fragte um Rat. Was solle sie sagen, um die Kinder zu überzeugen?

Der Rabbiner dachte lange nach. Er kannte den Schmerz der Kinder, war er doch auch einmal Kind gewesen. Auf der anderen Seite wußte er auch, wie schwer es Eltern fiel, ihre Kinder auf dieser Welt allein zu lassen. Und so riet der Rabbiner dem Schneider: Sage deiner Frau, sie soll den Kindern folgendes erklären:

Liebe Kinder, ihr werdet mir noch am Tag vor eurem eigenen Tod sagen, daß ihr mich braucht, daß ihr ohne mich nicht leben wollt, nicht leben könnt. Aber ihr habt euer eigenes Leben. Seid fertige Menschen, die ihre eigene Entwicklung durchmachen müssen. Alles, was ich euch beibringen konnte, alle Liebe, die ich euch schenken durfte, ist in euch. Ich habe mein Leben erfüllt, habe euch zu Menschen aufwachsen sehen. Nun ist es an euch zu fliegen. Und ich bin nur noch ein Stein, der euch daran hindern würde. Fliegt Kinder, fliegt ins Leben, und laßt mich fliegen in die Ewigkeit.

Ariel erhob sich. Er ging ins Schlafzimmer und band sich, wie jeden Tag, eine Krawatte um. Seine Hände zitterten. Dann kam er langsam zurück, umarmte mich, küßte mich und sagte:

Es ist Zeit, komm.

28

In zwei Stunden werde ich dich wecken, mein Kind. Es wird schon hell. Dann werde ich dich küssen, bis du deine Augen aufschlägst. Du wirst mich anlächeln. Wir werden ein wenig herumtollen, du wirst mich mit deinen kleinen Armen umhalsen, und dann werde auch ich lächeln.

Wie lange habe ich gezögert, ein Kind zu bekommen, wie lange habe ich mit Perla gestritten, weil ich die Verantwortung nicht übernehmen wollte. Weil ich Angst, furchtbare Angst empfunden habe, daß dein Leben nicht glücklich verlaufen könnte, daß du nicht geschützt und gesund bleiben würdest, was passieren würde, wenn ich eines Tages nicht mehr da wäre, wenn die Welt aus den Fugen geriete, wenn es Krieg gäbe.

Perla lächelte immer geduldig, wenn ich von all diesen Wenns sprach. Eines Tages sagte sie mir, daß es soweit sei, die Wenns in den Schrank zu stellen und den Schlüssel wegzuwerfen.

Es ist soweit. Bereite dich auf das Leben vor, Julien. Du hast sieben Monate Zeit.

Ich werde dir dein Frühstück machen, Cornflakes mit kalter Milch und zwei Eßlöffeln Zucker. Einen heißen Milchkaffee und ein frisches Baguette mit Butter und viel Marmelade. Du wirst dich bekleckern, der Tisch wird voller Milchspritzer sein. Dann wirst du das Baguette in den heißen Milchkaffee tunken und genüßlich essen. Ich werde ein sauberes Hemd holen, es dir anziehen, auf die Uhr schauen und dich in die Schule bringen. Du wirst mich noch einmal küssen und in das Klassenzimmer rennen wie an jedem Tag seit einem Jahr.

Ariel und ich saßen schweigend im Auto. Er hatte sein Hörgerät eingeschaltet. Der Verkehr war stark. Autos drängelten sich, hupten, als ob sie etwas verpassen würden, wenn sie sich verspäteten. Menschen liefen eilig und hektisch über die Straßen, riskierten Unfälle, Verletzungen, nur um irgendwo schnell anzukommen.

Macht es dir etwas aus, daß Sarah in einem deutschen Krankenhaus liegt? fragte ich meinen Vater.

Er reagierte nicht. Erst dachte ich, daß er meine Frage nicht gehört hätte, doch dann antwortete er.

Was ist das für eine Frage, Julien?

Ich meine, fuhr ich fort, ich meine, ist es nicht seltsam, daß Sarah von Deutschen gepflegt wird, daß sie hier sterben wird?

Sie helfen ihr doch. Das ist entscheidend. Das zählt. Oder?

Sie hat in den letzten Tagen nur noch jiddisch und polnisch gesprochen, sagte ich.

Und?

Deutsch wollte sie nicht mehr sprechen.

Hör zu, Julien. Wir haben uns damals entschieden, hier zu leben. Ich weiß nicht, wieso. Aber jeden Tag wieder haben wir es getan. Wir haben auch darüber gesprochen, daß es falsch sei, daß wir weggehen sollten, aber wir sind nicht gegangen. Dann haben wir darüber gesprochen, daß du gehen solltest, aber wir haben dich nicht weggeschickt, sondern hierbehalten. Aus Egoismus. Wir wußten, daß wir alt werden. Und daß wir, wenn wir alt werden, auch krank werden. Und wenn wir krank werden, auch sterben werden. Wir wußten das alles und sind trotzdem hier geblieben. Wo hätten wir denn noch hingehen sollen? Nach Israel? Mit Siebzig? Hier hatten wir unsere Freunde. Menschen, mit denen wir unser Leben gelebt haben. Unser Zuhause. Nein, nicht unsere Heimat, aber unser Zuhause. Unsere Wohnung, in der wir uns einbildeten, eine Insel zu haben. Unsere

111

Freunde, die uns verstanden, Überlebende wie wir, die auch nicht mehr wußten, warum sie in Deutschland gelandet und geblieben waren. Auch sie träumten davon zu gehen, als ihre Kinder noch klein waren. Wir wollten euch in Internate schicken, weit weg, und haben euch trotzdem dabehalten. Wir wollten, daß ihr in Amerika oder England studiert, vielleicht sogar in Israel. Aber die Kinder waren unser Sauerstoff, das Gegenmittel zu unserer Trauer. Das Medikament gegen unser Leid, unsere Depression, unsere Hilflosigkeit, überlebt zu haben.

Ariel schwieg. Ich wollte gerade etwas sagen, da fuhr er fort:

Ich weiß nicht, ob ich weitergelebt habe, nachdem ich befreit wurde. Ich meine, ob ich je wieder richtig lebte oder nur so tat, als ob ich lebe. Wie ein Schauspieler, der eine Rolle spielt. Vielleicht habe ich nur noch funktioniert, weil ich zu feige war, Selbstmord zu begehen. Nur Sarah und du zählten wirklich. Das mußt du wissen. Nur ihr, meine kleine Familie, zählte, berührte und bewegte mich. Jedenfalls soweit ich dazu fähig bin. Wenn Sarah stirbt, werde auch ich sterben.

Was sagst du da? schrie ich auf. Das darfst du nicht denken, das darfst du nicht sagen. Ich brauche dich.

Ariel lächelte.

Hast du denn die Geschichte des Rabbiners schon so schnell vergessen? sagte er lächelnd. Ich lebe, seit ich denken kann, mit deiner Mutter. Es gibt keinen Menschen auf dieser Welt, vor dem ich so ohne Scham und mit all meinen Schwächen gelebt habe. Das Schicksal hat uns gezwungen, alles zu erleiden, was ein Mensch nur erleiden kann, und einander dabei zusehen zu müssen. Wir sind siamesische Zwillinge, weil unsere Erinnerungen einzigartig sind. Siamesische Zwillinge können nicht ohne einander leben.

Aber ich bin doch noch da.

Du bist meine große Liebe, mein Stolz, alles auf dieser Welt. Mein Sinn des Lebens. Des Weiterlebens. Ich lebe für dich, Julien, aber ich lebe nur dank deiner Mutter.

Wir standen an einer roten Ampel. Nur noch wenige Minuten bis zum Krankenhaus. Ich fühlte mich elend. Ich wußte, daß Ariel es ernst meinte. Ich wußte, daß ich auch ihn verlieren würde. Ich wußte, daß der Tod des einen den Tod des anderen nach sich ziehen würde.

Sarah will in Israel begraben werden. Und du?

Er schaute mich ernst an.

Dort, wo du leben wirst. Ich will in deiner Nähe sein. Wir wollen in deiner Nähe sein. Wenn du uns besuchen willst, soll der Weg nicht zu weit sein.

Ein Auto hupte, und ich fuhr los.

29

Professor Ballhaus wartete schon, als wir die Intensivstation betraten. Er wirkte müde.

Ich wußte nicht, daß Sie meine Schwester kennen. Die Welt ist klein.

Wir zogen uns die Schutzmäntel an, wuschen unsere Hände mit einer antibakteriellen Seife und stülpten den Mundschutz über. Das Licht war wie immer gedämpft und kalt. Selbst die Gesunden sahen blaß und kränklich aus.

Sarah schlief. Ich küßte sie, streichelte sie, sagte ihr, wie sehr ich sie liebte und brauchte. Ob sie mich noch hören konnte? War sie schon auf dem Weg in die Unendlichkeit? Was würde passieren, wenn ihr Atem aufhörte, ihr Herzschlag aussetzte?

Wollen Sie einen Kaffee? fragte Ballhaus.

Wir gingen in das Arztzimmer. Es war still. Der Raum war weiß gestrichen. Funktional. Ein Tisch, drei Stühle, eine Liege. An der Wand hing ein Poster von Mauritius. Blauer Himmel, Wasser, Sandstrände.

Es geht vorbei, sagte Ballhaus.

Wissen Sie, Herr Doktor, das mag stimmen. Aber noch atmet sie, ihre Haut ist warm, das Herz schlägt. Noch kann ich sie berühren, mit ihr sprechen, daran glauben, daß sie mich hört ...

Sie lieben Ihre Mutter doch? fragte er mich.

Warum diese Frage? antwortete ich mißtrauisch.

Können Sie sich vorstellen, daß sie sich die ganze Zeit quält, ihre letzten Kräfte mobilisiert hat, um nicht zu sterben, weil sie fühlt, wie sehr Sie leiden? Daß sie ins Koma gefallen ist, weil sie es nicht mehr mit ansehen konnte, wie Sie leiden, und Ihnen nicht die Wahrheit sagen konnte: daß es zu Ende geht. Und daß sie selbst jetzt nicht einfach schnell stirbt, sondern seit drei Tagen und Nächten im Koma liegt, damit Sie endlich die Wahrheit akzeptieren und sie in Frieden gehen lassen. Helfen Sie ihr, Julien.

Ich bin wütend, antwortete ich, seit ich lebe, fühle ich eine tiefe Wut auf den Tod. Ich bin wütend über unsere Hilflosigkeit, meine Hilflosigkeit. Keine Chance. Du kannst beten, dem lieben Gott Angebote machen, versuchen mit ihm zu verhandeln. Kein Anschluß unter seiner verfluchten Nummer. Du kannst betteln, ich bettelte Sie an, jede Schwester habe ich angebettelt. Sinnlos. Dr. Ballhaus, seit ich denken kann, habe ich mich mit diesem elenden Tod nicht abgefunden. Es wäre mir wie Verrat vorgekommen. Verrat an allen, die sterben mußten.

Sie sind nicht wütend auf den Tod, Julien. Sie sind wütend auf das Leben. Aber das ist falsch. Ja, es gibt Ungerechtigkeit, ja, es gibt Dinge, die wir nicht verstehen. Nicht verstehen, weil unser Gehirn nur eine kurze Zeitspanne erfaßt. Aber wenn man in Jahrhunderten, in Jahrtausenden, vielleicht in Millionen Jahren denken könnte, würden wir die Architektur des Universums oder unserer Erde anders interpretieren. Wir wissen nicht, was nach dem Tod kommt. Wir wissen, daß der Körper von Ratten und Bakterien zerfressen wird und Skelette übrigbleiben. Aber die Seelen. Wenn sie nun wirklich weiterleben würden? Wenn die Materie sich immer wieder regeneriert? Wenn nichts ohne Sinn geschieht? Nur weil unser begrenzter Verstand es nicht verstehen kann, heißt es noch lange nicht, daß es diesen Sinn nicht gibt. Was haben wir schon alles neu gelernt? Und die Geschwindigkeit unserer Erkenntnis steigt. Und wir erleben Rückschläge. Na und? Dann wird in zehntausend Jahren ein anderer Ballhaus mit einem anderen Julien eine weitere Lösung finden.

Ich zündete mir eine Zigarette an.

Sie sind Perla sehr ähnlich. Das ist ein Kompliment. Aber mir fehlt die Geduld, die Sie haben. Ich will nicht zehntausend Jahre warten, ich will es in meiner Lebenszeit empfinden und erfahren.

Julien, lernen Sie, Ihr Leben zu lieben. Und das heißt, daß Sie sich Zeit geben müssen. Daß Sie lernen, Geduld zu haben. Sich zu verlangsamen. Sie können nichts erzwingen. Glauben Sie mir. Mein Beruf hat mir das schmerzlich beigebracht. Und jetzt gehen Sie zu Ihrer Mutter, und helfen Sie ihr zu sterben.

30

Wie gut kennt ein Kind seine Eltern? Und die Eltern ihr Kind? Wie viele Geschichten werden nie erzählt? Wie viele Geheimnisse nie gelüftet? Was wußte ich wirklich von dieser Frau, die dort im Krankenbett mit Schläuchen am Leben erhalten wurde? Warum hatten wir nie über den Tod gesprochen? Wie sie sterben wollte? Warum hatten wir nicht versucht, die Wahrheit zu finden? So viele Gespräche, so viele Abende am Küchentisch, so viele Worte, aber wie viele Wahrheiten? Obwohl wir uns liebten, waren wir in so vielen Fragen sprachlos geblieben. Oder weil wir uns liebten? Hatten wir Angst, daß es zu schmerzhaft sein würde?

Ich werde deine Geheimnisse, deine verborgenen Gedanken nie mehr erfahren, Mama. Wir haben die Zeit nicht genutzt. Sie mit Alltäglichkeiten verstreichen lassen. Ein paar Risse zugelassen, aber nicht mehr. Du wirst nie erfahren, daß dein Sohn mit seinem Leben nicht glücklich war. Daß ich mit dem Schicksal hadere, das Kind von Holocaust-Überlebenden zu sein. Daß mich eure Vergangenheit erdrückt. Zur Verzweiflung bringt. Daß ich nicht weiß, wem ich böse sein kann. Daß die Mörder unserer Familie nie ein Gesicht hatten. Nicht zur Rechenschaft gezogen wurden. Daß es mir nicht hilft, von den Deutschen zu sprechen, die das verantwortet haben, weil es *die* Deutschen nicht gibt. Wer, wenn nicht wir Juden, weiß, daß es nicht *die* Juden gibt? Wie sollte ich mich gegen euch wehren können wie jeder normale Jugendliche, wenn ich dabei Angst hatte, daß euer fragiles Leben zusammenbrechen könnte. Daß ich die Verantwortung nicht wollte, es denen zu zeigen, die immer noch nichts gelernt hatten? Daß ich nie wirklich frei sein konnte, mich nicht von euch befreien konnte, weil es wie ein Verrat gewirkt hätte? Daß ich ein normaler Mensch und nicht nur ein Jude sein wollte und man immer noch und als Jude in Deutschland nicht normal sein kann, obwohl alle von Normalität träumen.

Wir haben nicht genug über die Frage gesprochen, ob Juden in Deutschland leben sollten. Nicht wegen der Deutschen. Nicht, weil die Gegenwart der Vergangenheit gleicht. Nein, unseretwegen. Wegen unserer Würde. Wegen deiner und Ariels Würde. Hätte ich euch verurteilen dürfen? Hätte ich das Recht gehabt, dieses Urteil auszusprechen? Und was war mit mir? Was ist mit meiner Würde? Warum konnten wir nur so selten über unser Leid sprechen? Das der Vergangenheit und das unserer Gegenwart? Daß unser Leben nicht normal war und nie sein konnte, obwohl wir uns alle Mühe gegeben haben? Daß die Toten uns jeden Tag begleiteten, so sehr wir auch versuchten, sie zu verscheuchen? Zu jedem Fest, zu Geburtstagen, Bar Mizwahs versuchten wir zu lachen, fröhlich zu sein, zu tanzen, zu singen, aber sie waren trotzdem da. Die Toten.

Warum haben wir nicht ausgesprochen, daß unsere kleine Familie keine Chance hatte, die Wunden zu heilen. Ein lindernder Verband – vielleicht. Warum konntet ihr mir nicht sagen, daß eure Wunden bluteten und bluteten und sich nie wirklich schlossen? Warum waren wir nicht fähig zuzugeben, daß unsere Liebe es nicht schaffte, die Geister zu besiegen, die Trauer zu dämpfen, das Vertrauen in das Leben wiederherzustellen?

Woher kam die Kraft weiterzuleben? Wie oft habt ihr euch gefragt, ob der Tod nicht gnädiger ist als das Weiterleben? Habt die beneidet, die sich umgebracht haben? Oder habt ihr sie verurteilt? Muß man weiterleben, egal, was man erlebt hat? Gibt es eine Pflicht, dieses Leben zu Ende zu führen? Wieviel Kraft hat es dich gekostet, Mutter, mich zu erziehen, mir Hoffnung und Optimismus zu geben, Vertrauen in das Leben und in die Menschen? Hattest du dieses Vertrauen selbst, oder hast du nur so getan? Glaubst du wirklich, daß deine Angst nicht auch meine Angst geworden ist? Glaubst du wirklich, daß ich vergessen kann, wie du gezittert hast, wenn du einem Uniformierten begegnet bist oder wenn du in der Ausländerbehörde die Verlängerung deiner Aufenthaltsgenehmigung beantragt hast oder du an der Hauswand Naziparolen gesehen hast? Warum konnte ich dir nicht sagen, wie sehr es mich geschmerzt hat, mit anzusehen, wie du dadurch erneut gedemütigt wurdest?

Warum konnte ich euch nicht sagen, wieviel Angst ich vor Bindungen hatte? Vor Enttäuschungen und Zurückweisung? Angst vor der Liebe? Angst, daß die Liebe nicht das stärkste Gefühl ist, das alle anderen Gefühle verdrängt? Wußtest du, wie ich litt? Den Starken spielte, weil ich euch für schwach hielt und euch meine Stärke leihen wollte, wie Krückstöcke, obwohl ich selber schwach war? Meine Erfolge, mein Ruhm, meine Intelligenz, meine Bildung sollten euch stolz machen. Aber all das konnte den Krater, den der Verlust riß, nicht zuschütten.

Und doch wolltest du mich. Hast mich neun Monate genährt, mir deinen Körper geliehen, damit ich entstehen und wachsen konnte. Hast mich in diese Welt geworfen, mich geliebt, betreut und begleitet. Verlaß mich nicht. Ich habe noch so viel mit dir zu besprechen …

31

Die Melodie hatte sich verändert. Aus der Melodie des Lebens war die Stille des Todes geworden. Die Maschinen piepsten nicht mehr. Statt dessen ein lang anhaltender schriller Ton. Statt der Zickzackkurven der Geräte nun eine langgezogene Linie.

Ich hatte ihn nicht bemerkt. Diesen Augenblick, kürzer als eine Mikrosekunde, schneller als ein Blick, ein Gedanke. Plötzlich. Unvermittelt. Unvorbereitet, obwohl seit langem erwartet. Tod. Sarah starb an einem Donnerstagmorgen um 4 Uhr 53.

Die Pfleger rasten zu ihrem Bett, die Ärzte hinterher. Kritische Blicke. Sprachloses Einverständnis. Ein Arzt nahm ihre Hand, versuchte den Puls zu fühlen. Nichts. Stille. Das Blut wurde nicht mehr durch den Körper gepumpt.

Ich saß noch immer auf meinem Stuhl, auf dem ich schon seit Wochen saß, beobachtete, was um mich herum passierte. Ich registrierte die Hektik, konnte sie aber nicht einordnen.

Ich weinte.

Sarah war tot.

Als der Tag anbrach, saß ich immer noch an ihrem Bett. Sie hatten sie weggebracht. Ich hatte nicht bemerkt, wann und wohin. Ballhaus stand neben mir. Er hatte seine Hand auf meine Schulter gelegt. Wir schwiegen. Ich wußte, daß man Sarah nicht obduzieren würde. Das war nach jüdischem Brauch verboten. Sie würde von der Chewra Kaddischa, dem Heiligen Bund der Totenwächter, abgeholt werden. Bald. Juden müssen so schnell wie möglich begraben werden.

Ich habe sie in ein Zimmer bringen lassen. Wenn Sie wollen, warten wir mit dem Abholen, bis Sie soweit sind.

Ballhaus brachte mich zu Sarah. Mein Herz klopfte. Ich öffnete die Tür. Ein kleines Zimmer, mattes Licht, nur ein Bett. Da lag sie. Meine Mutter. Ihre Augen waren geschlossen, ihr Mund leicht geöffnet. Sie trug ihr Gebiß nicht. Sie sah jung aus. Ich setzte mich zu ihr und sah sie an.

Hilflos versuchte ich zu ergründen, was ich fühlte. Ich nahm sie in meine Arme, streichelte sie, sprach mit ihr und begriff, daß sie mir nie mehr antworten würde. Nie mehr mit mir reden. Nie mehr sein.

Meine Ohren ertrugen die Stille nicht. Ich legte mich neben sie und zwang mich, auf jede Bewegung, jedes Zeichen zu achten. Ich schaute sie an, hoffte, irgend etwas zu sehen, den Tod zu sehen.

Nichts. Was blieb, war Leere. Ein tiefes Loch. Ein Körper. Eine Hülle ohne Inneres. Ich schüttelte sie, schrie sie an, beleidigte sie, verfluchte sie, küßte sie, streichelte sie, versuchte alles, um das Gefühl loszuwerden, daß nichts, aber auch nichts mehr an Leben in ihr war.

32

In einer Stunde werde ich dich wecken, mein Kind. Ein neuer Tag wird beginnen.

Hoffnung. Jeden Tag aufs neue. Menschen ertragen das Unerträgliche, wundern sich im nachhinein darüber, sind sogar stolz darauf und sagen, daß die Erfahrung des Schmerzes, des Leidens sie reifer gemacht hat. Menschen sagen viel, um ihre Sprachlosigkeit, ihre Hilflosigkeit zu verdrängen. Ich möchte, daß du weißt, wer ich bin. Woher ich komme. Wie gerne würde ich dir Geschichten von deinen Ururgroßeltern erzählen. Aber ich kenne sie selber nicht. Unsere Generationenkette ist durchtrennt worden. Ich kann dir keine Fotos zeigen. Es gibt nur Geister. Du kennst die Gesichter deiner Großeltern. Ich hatte nicht einmal die. In diesen Geschichten und Gesichtern steckt der Schlüssel unserer eigenen Existenz, unseres eigenen Lebens. In den Erinnerungen ist die Antwort auf unsere Fragen.

Ich erinnere mich, wie glücklich ich war, wenn ich Eis essen durfte. Eisessen war etwas Besonderes. Es mußte immer schon etwas getaut sein, bevor ich es essen durfte. Wegen der Halsschmerzen. Erst spät habe ich begriffen, daß kaltes Eis nicht zu Halsschmerzen führt. Ich erinnere mich daran, daß ich sonntags ins Bett meiner Eltern kommen durfte, daß ich meist ganz früh aufwachte und es nicht erwarten konnte, zwischen ihnen zu liegen, ihre Körper und ihre Wärme zu spüren. Ich erinnere mich an das Fahrrad, das seitliche Stützräder hatte, damit ich nicht hinfiel, und wie stolz ich damals war. Ich erinnere mich an das Leuchten in den Augen meiner Eltern, wenn ich gute Zensuren nach Hause brachte und sie nicht abwarten konnten, ihren Freunden zu erzählen, daß ihr Kind ein Genie sei, daß ich ihnen glaubte, was sie sagten, und erst später schmerzhaft begriff, daß ich keineswegs ein Genie war, auch wenn ich in ihren Augen immer eins blieb. Ich erinnere mich an die Ausflüge mit unserem ersten Auto, einem kleinen Volkswagen. Den Krach des Motors, den Geschwindigkeitsrausch. Ich hielt meinen Vater für einen Helden, weil er Auto fahren konnte. Ich erinnere mich, wie ich neben Ariels Beinen saß, wenn er sich Fußballspiele im Fernsehen anschaute und aufschrie, wenn ein Tor fiel. Ich erinnere mich, wie Sarah in der Küche stand und mir mein Lieblingsgericht Wiener Schnitzel machte, an den Geruch des angebratenen Fleisches. Ich erinnere mich, wie Sarah vor dem Schlafengehen ihre Haare kämmte und sich im Spiegel betrachtete. Sind es diese Erinnerungen, die uns am Leben halten? Wie halten Menschen, die diese Millionen Mosaiksteinchen der Liebe nicht kennen, das Leben aus?

Sarah wurde nicht in Israel begraben. Ariel bestand darauf, daß sie in Frankfurt beerdigt wurde.

Ich brauche sie bei mir, sagte er.

Wenn ich auch tot bin, dann entscheidest du, wo wir sein werden.

Sie wollte nach Israel, sagte ich.

Wir saßen im Eßzimmer. Am Eßtisch, wo Ariel seine Zeitung abends las und Sarah nachts ihre Briefe in die ganze Welt geschrieben hatte. Wir waren allein. Waren aus dem Krankenhaus zurückgekehrt. Die erste Nacht in meinem Leben ohne meine Mutter.

Du wirst entscheiden, wenn ich nicht mehr am Leben bin. Bis dahin entscheide ich. Ich war ihr Mann.

Du hast kein Recht …

Sei ruhig! Ariel schrie. Wer bist du, mir zu sagen. Welches Recht ich habe und welches nicht.

Weil ich ihr Sohn bin, schrie ich zurück, und weil es ihr Wille war.

Ihr Wille war derselbe wie meiner. Unser Wille war es, für den anderen dazusein. Deine Mutter hat auch mit mir gesprochen. Sie hat auch mir gesagt, daß sie lieber in Israel begraben sein will. Ich habe sie angefleht, mich nicht allein in diesem Land zu lassen. Ich habe ihr gesagt, daß wir als Lebende hier zusammen ausgehalten haben. Und daß ich nicht bei ihr in Israel sein könne. Weil ich krank und alt bin, sie also bei mir bleiben müsse.

Vater. Ich machte eine Pause. Wann schütteln wir unsere Dämonen ab?

Ariel schaute mich lange an.

Meine Generation nie, Julien. In keiner Sekunde meines Lebens habe ich vergessen können, was ich gesehen habe. Mein Herz ist in tausend Stücke gerissen worden, mein Leben ist vergiftet. Niemand ist mehr da, mit dem ich reden kann über das Unglück, die »böse Zeit«, niemand, der mich gekannt hat vor dieser Zeit, als ich ein junger Mann war, voller Träume und Hoffnungen. Ein Junge, der von der Liebe geträumt hat. Sarah war der einzige Mensch aus meinem früheren Leben. Sie hat mich gekannt, als ich glaubte, die Welt erobern zu können. Wir sind den Weg des Todes zusammen gegangen, haben die Hölle gesehen, das Sterben unserer Familien geteilt, uns am letzten Strohhalm, der Liebe, festgehalten. Wir haben das Inferno, die Einsamkeit und die Hoffnungslosigkeit gemeinsam durchlitten. Wir haben ein Kind in die Welt gesetzt. Dich, Julien. Haben die Scherben unseres Lebens aufgekehrt und versucht, es wieder neu zusammenzusetzen, aber immer wieder fiel ein Teilchen dieses zertrümmerten Lebens aus seiner Halterung. Ich werde nicht mehr lange leben. Aber ich würde keine Sekunde weiterleben, ohne meine Frau besuchen zu können, mit ihr reden zu können, bei ihr weinen zu können. Hast du verstanden, Julien?

Und du? fragte ich.

Was, und ich?

Wo soll ich dich begraben?

Dort, wo deine Mutter hinwollte. Du wirst uns nach Israel bringen.

Und ich?

Was, und du? Du bist jung. Was redest du von deinem Tod?

Ich rede von meinem Leben, Vater.

33

Perla fiel auf. Ariel und ich saßen Schiwwe. Im Judentum wird während der ersten sieben Tage nach dem Tod eines Menschen getrauert. Erinnern. Über den Toten sprechen. Anekdoten. Geschichten. Hauptsache erinnern. Alle Spiegel werden mit Tüchern verdeckt. Nichts soll von der Trauer ablenken. Auch nicht das eigene Gesicht. Die Eitelkeit wird verbannt. Sieben Tage ohne Rasur. Sieben Tage lang kamen Freunde und brachten Essen mit. Man verläßt das Haus nicht. Ariel und ich saßen auf niedrigen Stühlen. Unsere Hemden waren eingerissen als Zeichen dafür, daß wir die Hinterbliebenen waren. Morgens und abends wurde gebetet. Kaddisch, das Totengebet, wurde gesungen. Wir beteten im Eßzimmer. Die Frauen saßen im Wohnzimmer. Ich beobachtete die meist alten Menschen. Sie sprachen angeregt und laut miteinander. Sie waren die letzten ihrer Generation. Die Männer sahen müde aus. Viele trugen Hörgeräte. Die Frauen waren elegant gekleidet. Und doch wirkten auch sie niedergeschlagen, hilflos. Der Tod hatte wieder einmal gewonnen. Hatte sein häßliches Gesicht gezeigt. Sie hatten überlebt. Deshalb würde auch ihre Zeit kommen.

Gitta, Sarahs älteste Freundin, saß bei mir. Gitta war Witwe. Schon seit zwanzig Jahren. Sie war mit ihrem Sohn Henry zur gleichen Zeit wie meine Mutter schwanger gewesen. Sarah und sie kannten sich noch aus Kraków. Als wir nach Deutschland kamen, halfen sie und ihr Mann meinen Eltern. Ich bin mit Henry groß geworden. Henry hatte es immer schwer. Er war dick und schwul. Das eine konnte man sehen, das andere durfte man nicht sehen. Es war ein so streng gehütetes Geheimnis, daß sogar Henry es nicht wissen durfte. Henry liebte seinen Vater. Als er fünfzehn war, erlitt sein Vater einen Gehirnschlag. Danach wurde Henry noch dicker. Als wollte er seine Seele verstecken, sie mit Fleisch verhüllen. Wir gingen in die gleiche Schulklasse. Schrieben voneinander ab. Spielten Cowboy und Indianer. Bauten Legoburgen. Hörten die gleiche Musik. Elvis Presley, Beatles, Bee Gees. Sonntags fuhren wir gemeinsam mit unseren Eltern nach Bad Homburg. Dort rannten wir im Kurpark herum, während unsere Eltern spazierengingen. Spielten Versteck. Aßen im Terrassencafé Eis mit Sahne. Wenn unsere Eltern am Samstagabend ins Kino gingen, durften wir zusammen fernsehen. Wir schauten uns Krimis und Horrorfilme an. Filme, die wir mit unseren Eltern nie hätten sehen dürfen. Im Winter machten wir Schneeballschlachten, im Sommer gingen wir gemeinsam schwimmen. Wir waren unzertrennlich. Er war der einzige Freund meiner Kindheit. Sonst war ich ein Einzelgänger. Sperrte mich in meinem Zimmer ein. Las und las.

Wie schwer mußte es für Henry gewesen sein, seine Homosexualität zu verbergen? Wieviel Selbstverleugnung mußte er ertragen? In einer feinen jüdischen Familie, die Eltern hatten die Nazis überlebt, verkörperte er alles, wofür es sich gelohnt hatte, wieder anzufangen, und dann schwul?

Später hatten wir uns über Jahre nicht gesehen. Ich konnte ihn nicht mehr ertragen, obwohl ich Mitleid mit ihm empfand und er mein bester Freund war. Ich schämte mich dafür, daß er sich schämte. Jüdisch und schwul sein, das ist wirklich nicht einfach, dachte ich mir. Aber wenn es denn so war, warum sich verleugnen? Ich verachtete Juden, die sich verleugneten, ihre Kippa aus Angst nicht offen trugen. Ich verstand die Angst vor der Angst nicht. Dasselbe galt für Schwule. Es war doch nichts dabei, anders zu sein als die anderen. Wer wollte denn schon sein wie jedermann?

Nun sahen wir uns nach so vielen Jahren wieder. Noch immer wußte niemand von seiner Homosexualität. Er hatte zwischendurch ein paar Freundinnen gehabt. Ich wußte allerdings nicht, ob das nur Tarnung war.

Wie geht es dir? fragte Henry.

Ich bin wütend, antwortete ich.

Henry schaute verlegen zur Seite.

Tanzt du immer noch auf allen Hochzeiten?

Ich lächelte, nun ja, ein bißchen hier, ein bißchen dort.

Gitta hatte sich zu den anderen Frauen gesetzt. Wir waren allein.

Wer ist die Frau neben der Küchentür, fragte Henry, deine Freundin?

Meine Augen streiften an den herumstehenden Männern entlang, und da bemerkte ich Perla. Sie saß auf einem Stuhl. Allein. Keiner sprach mit ihr. Keiner kannte sie. Ab und zu glotzte der eine oder andere sie an. Doch sie saß nur still da und beobachtete alles.

Sie heißt Perla. Ich kenne sie aus meiner Studienzeit. Ihr Bruder ist Chefarzt in der Klinik, in der Sarah lag, sagte ich.

Und?

In diesem Augenblick rief der Rabbiner die Männer zum Abendgebet zusammen. Ich setzte meine Kippa auf, erhob mich, stellte mich neben Ariel und begann zu beten. Und war froh, Henry keine Antwort geben zu müssen.

Die Alten beteten schnell. Viel zu schnell für mich. Sie hatten es vor dem Krieg im Cheder, der Religionsschule, gelernt. Sie kamen fast alle aus dem Schtetl. Aus Osteuropa. Millionen Juden hatten dort gelebt. Meist in kleinen Dörfern, selten in größeren Städten, kaum in Großstädten. Sie waren fast alle fromm gewesen. Arbeiteten und beteten. Tagein, tagaus. Am Schabbath ruhten sie, wie die Bibel es vorschrieb. Die meisten waren einfache Menschen, ohne Bildung. Höchstens Volkschule. Wenn sie so dastanden und ihre Gebete sprachen, in der Melodie, die schon seit Jahrtausenden gesummt wurde, ihre Kippot auf dem Kopf, ihre Gebetbücher in der Hand, schien die Zeit stehengeblieben

128

zu sein. Und doch hatten die meisten von ihnen ihre Religion irgendwann nach 1933 verloren. Die Nazis hatten ihnen ihre Familien genommen, ihre Heimat und am Ende ihren Glauben. Werde ich dir das weitergeben können, was ich bei ihnen noch erlebt habe, mein Kind? Werden wir unsere Identität verlieren, weil wir unseren Glauben nicht mehr kennen und leben?

Oder werde ich anfangen, die Tradition wieder lebendig werden zu lassen, obwohl ich nicht glaube, damit du deinen Platz finden kannst? Ariel bestand darauf, daß wir Schiwwe saßen. Er bestand darauf, daß wir beteten und Kaddisch sagten. Er, der kaum mehr in die Synagoge ging, der morgens die Tefillin nicht mehr legte, der nicht koscher aß, er wollte jetzt, nach Sarahs Tod, daß wir uns der alten Traditionen entsannen.

Du mußt mir versprechen, Julien, sagte er eines Abends, als alle weg waren, daß du Kaddisch nach meinen Tod sagen wirst. Ich war erstaunt über seine neue Religiosität. Und doch war ich meinem Vater selten so nahe, wie wenn ich neben ihm stand und ihn beten hörte. Vielleicht, weil er dann sich selbst so nahe war. Als kleiner Junge hatte er mich zu den hohen Feiertagen in die Synagoge mitgenommen. Dreitagejuden nannte man solche wie ihn. Zu Pessach, Rosch ha-Schana, dem Neujahrsfest, und Jom Kippur, dem Versöhnungsfest, gingen sie beten und sprachen mit Gott. Ich lehnte mich an ihn, beobachtete Ariel, wie er die Gebete murmelte. Er war wie alle frommen Juden erzogen worden, sich von Gott kein Bildnis zu machen. Das war Sünde. Ich hatte plötzlich ein schlechtes Gewissen und hoffte, Gott würde nicht merken, daß ich versuchte, mir ein Bild von ihm zu machen. Wenn es ihn gab, was tat er eigentlich den ganzen Tag? Wie war es möglich, daß es Kriege, Hunger und Elend gab? Warum hatten die Freunde von Sarah, die Roths, kein Geld und mußten bei uns um Geld bitten? Warum war der Sohn von den Ajsensteins behindert und mußte im

Rollstuhl gefahren werden? Warum waren meine Onkel und Tanten tot? Ohne daß ich sie kennengelernt hatte? Warum weinten Sarah und Ariel, und Gott trocknete ihnen die Tränen nicht?

Aber wenn es ihn nicht gab, bedeutete das doch, daß Millionen Menschen sich irrten? Und zu jemandem beteten, auf jemanden hofften, der gar nicht existierte? Daß Christen, Juden und Moslems seit Jahrhunderten und Jahrtausenden einer Fata Morgana hinterherliefen. Aber vielleicht verstanden wir Gott einfach nicht! Aber wie sollte Gott dann den Menschen verstehen? Den Menschen, der an seiner Endlichkeit verzweifelt? Die Gegenwart versäumt, weil er sich in Erinnerungen vertieft und Pläne für die Zukunft macht, statt die gerade gelebte Sekunde zu fühlen? Ich lag auch nachts im Bett und dachte über den nächsten Tag in der Schule nach oder lächelte über das Spiel, das ich tagsüber gespielt hatte. Wenn ich in mein Tagebuch schrieb, merkte ich, daß ich entweder die Erinnerungen oder meine Wünsche für die Zukunft hineinschrieb. Es war nicht mehr die Gegenwart, die ich notierte, sondern nur noch die Erinnerung, die Wahrnehmung von Wahrheit. Ich konnte mich eigentlich gar nicht richtig erinnern, was vor zwei Stunden wirklich war, was ich wirklich gefühlt hatte, sondern nur noch, was ich glaubte gefühlt zu haben.

Wie sollte Gott verstehen, wieviel Angst ich vor dem Tod hatte, wenn er doch ewig war? Seit ich ein Kind war, hatte ich Angst, daß Sarah oder Ariel sterben könnten. Daß ich allein bleiben müßte. Wie sie allein geblieben waren, als man ihre Eltern ermordete. Wer konnte mir versprechen, daß das nicht wieder passieren würde? Und wie vielen Kindern passierte es auch heute? Ich sah die Fernsehnachrichten, sah Tote und Verletzte, Hungernde und Sterbende und klammerte mich an Ariels Beine. Wenn es Gott gut ging, indem er ewig sein konnte, warum hat er den Menschen nicht dasselbe Geschenk gemacht?

Ich hatte so viele Fragen an Gott, während ich neben Ariel in der Synagoge stand und zuhörte, wie der Kantor das Kol Nidre an Jom Kippur vorsang. Ich liebte diese Melodien. Ich fühlte die Wärme, die in diesen Gebeten war. Sah die konzentrierten, freundlichen Gesichter der Gemeindemiglieder und ahnte, daß Ariel in der Vergangenheit war, bei seinem Vater und Großvater, neben denen er einmal gestanden hat, wie ich heute neben Ariel stand. Wenn es Gott geben sollte, wenn er wirklich allmächtig war, dann klage ich ihn an, daß er Menschen sterben läßt, sie tötet, obwohl er die Macht und die Kraft hat, sie leben zu lassen. Es gibt keinen Grund, Gott, keine Entschuldigung, sie nicht am Leben zu lassen. Was wäre so schlimm, wenn wir unsterblich wären? Ich weiß, ich weiß, die Übervölkerung der Erde, die Demut des Menschen, die sonst verlorenginge, die Langeweile, ewig leben zu können, ich kenne alle Gegenargumente. Aber da du allmächtig bist, mußt du uns auch die Ewigkeit schenken. Hier und jetzt. Auf Erden. Ich weiß, daß ich nicht will, daß die Menschen, die ich liebe, sterben werden. Und daß ich auch nicht sterben will. Das alles dachte ich, während Ariel an Jom Kippur zu Gott betete. Daran dachte ich wieder, als wir das Totengebet für Sarah sprachen.

Wir schlossen die Gebetbücher und legten sie auf den Tisch. Die Frauen kamen aus der Küche und brachten Wodka, Hering und Sandkuchen. Wir tranken Lechajim, auf das Leben. Ariel und ich setzten uns wieder auf unsere niedrigen Stühle.

Und Perla kam auf mich zu.

34

Betrinkst du dich mit mir? fragte ich Perla.

Sie schaute mich erstaunt an und lächelte.

Laß uns in eine Bar gehen und uns betrinken. In zwei Stunden, wenn alle weg sind und Ariel schläft.

Wir gingen ins Jimmys. Setzten uns an die Theke. Die Bar war mit dunklem Holz getäfelt. Dicke Ledersessel mit kleinen Tischen. Die Wand hinter der Theke war mit Flaschen dekoriert. Ein Klavier stand in der Mitte des Raumes. Eine Blondine, zu blond, in einem zu kurzen Rock, sang amerikanische Schnulzen. Frank Sinatra, Diana Ross, Elton John. Ich bestellte eine Flasche Wodka. Der Barkeeper schenkte unsere Gläser voll.

Lechajim, sagte ich.

Auf das Leben, antwortete Perla.

Wir tranken auf Ex. Ich spürte die Wirkung des Alkohols. Mir wurde warm. Mein Kopf drehte sich. Ich war es nicht gewohnt zu trinken. Der Barkeeper nahm Bestellungen auf. Was für ein komischer Beruf, dachte ich. Jede Nacht Menschen zu erleben, die nicht schlafen konnten oder wollten. Menschen zu bedienen, die nicht allein sein konnten. Barkeeper sind Hausmeister der Einsamkeit. Sie sind immer nett, unverbindlich, hören sich Geschichten an, tun immer interessiert.

Julien, Perla unterbrach meine Gedanken, Julien, du mußt loslassen. Du mußt die Toten loslassen. Du mußt ihnen und dir Ruhe schenken. Es bringt nichts, mit dem Schicksal zu hadern.

Ich schaute Perla entgeistert an.

Weißt du eigentlich, was du da sagst? Wenn ich das täte,

dann würde ich die Toten in die Bedeutungslosigkeit ent-
lassen. Dann wären sie nicht mehr da. Das einzige, was sie
lebendig erhält, ist die Erinnerung. Ich bin Zeuge ihres Lebens. Ich kann von Sarahs Leben berichten, Geschichten
erzählen. Anekdoten, Witziges und Trauriges. Solange ich
das tun kann, atmet sie weiter.

Nein, sagte Perla, das tut sie nicht. Sie ist tot. Endgültig
tot. Alle Erinnerungen werden daran nichts mehr ändern.
Und das weißt du genausogut wie ich. Das ist es auch, was
dich so fertigmacht. Daß die Toten nie mehr zurückkommen werden. Daß es endgültig und für immer ist. Daß sie
verschwinden. Und daß alles, was wir, die übriggeblieben
sind, versuchen, um den Tod zu überlisten, sinnlos ist.

Ich war plötzlich schrecklich müde. Ich wollte nicht
streiten. Ich wollte meine Ruhe haben. Nicht nachdenken.
Wir tranken noch ein Glas. Ich schaute sie an. Ihre blauen
Augen. Ihren vollen Mund. Sie hatte wunderschöne Lippen. Sie trug schwarze Strümpfe.

Ariel hatte eine Geliebte, sagte ich, ich muß zehn oder elf
gewesen sein. Ich verstand noch nicht so richtig, was eine
Geliebte war, aber ich verstand, daß sie eine Gefahr für uns
bedeutete. Sarah war traurig und gereizt. Ariel kam in dieser Zeit spät nach Hause. Ich war meist schon eingeschlafen. Eines Nachts wachte ich auf, weil beide sich anschrie-
en.

Du hast eine andere Frau, sagte Sarah.

Hör auf damit. Das stimmt nicht. Ich muß viel arbeiten.
Das ist alles.

Lüg mich wenigstens nicht an. Lüg nicht, das ist das min-
deste, was ich von dir verlangen kann.

Ich war aus dem Bett aufgestanden. Horchte an der Tür
Was hat sie, was ich dir nicht geben kann? fragte Sarah.

Stille. Ariel sagte nichts.

Sag es mir. Damit ich es verstehen kann. Ist sie schöner?
Ist sie besser im Bett?

Stille. Ariel sagte immer noch nichts.

Wir sind gemeinsam durch das ganze Leben gegangen. Haben überlebt. Haben unser Leben aufgebaut. Haben Julien. Ist das alles nichts mehr wert? Hast du das alles vergessen? Willst du das aufs Spiel setzen? Wofür? Was gibt sie dir?

Sie ist fröhlich, antwortete Ariel, sie lacht. Sie hat keine blutige Vergangenheit. Keine Erinnerungen, die weh tun. Sie ist leicht wie eine Feder.

Sarah weinte. Ich öffnete die Tür. Sarah saß auf einem Stuhl, hatte ihr Gesicht in den Händen verborgen und schluchzte. Ariel stand steif neben ihr. Sie sprachen nicht. Ich hatte plötzlich furchtbare Angst. Würden sie sich trennen? Liebten sie sich nicht mehr? Was würde aus mir werden? Sie waren meine Eltern. Ich hatte doch nur sie auf dieser Welt. War ich schuld an allem? Hatte ich nicht genug von mir gegeben? Ich legte mich wieder ins Bett. Mein Herz klopfte.

Dann sagte Ariel: Ich brauche diese Leichtigkeit. Ich halte mich nicht aus. Ich verzweifle an meinem Leben. Ich verzweifle daran, daß wir hier sind, daß ich in diesem Land lebe, daß ich den Deutschen als Alibi diene, daß alles wieder gut ist. Wenn ich hier lebe, dann ist doch alles vorbei.

Ist sie eine Deutsche? fragte Sarah.

Ariel antwortete nicht.

Sarah blieb bei Ariel. Ich weiß nicht mehr, wie lange diese Affäre dauerte. Ich erinnere mich nur, daß sie eines Tages wieder miteinander sprachen, zärtlich waren.

Warum erzählst du mir das? fragte Perla.

Weil Sarah und Ariel keine Engel sind. Weil es auch Momente gab, in denen ich sie gehaßt habe. Sie verachtete und mich für sie schämte.

Am schlimmsten war für mich, daß sie den Deutschen nicht ins Gesicht geschrien haben. Ich erinnere mich an eine Geschichte, die ich nie vergessen werde. Ich war dreizehn, meine Bar Mizwah lag gerade erst hinter mir. Nach der Schule bin ich mittags zu Ariel ins Geschäft gegangen. Er hatte ein kleines Büro mit alten Möbeln. Überall lagen Haare von den Pelzen, die er verkaufte, herum. Ein alter Schreibtisch, zwei Stühle, ein Wandkalender. Eine alte Schreibmaschine, auf der er mit zwei Fingern die Rechnungen tippte. Neben dem Büro war ein großer Lagerraum. Ganze Bündel Felle lagen auf dem Boden. Nerze, Persianer, Bisam und Leoparden. Ich liebte es, mich in die Pelze hineinzuwerfen und auf ihnen zu liegen. Ariel kam mit einem seiner ältesten und besten Kunden ins Lager. Sie verhandelten ein Geschäft. Stritten um den Preis. Ich genoß es zuzuhören, wie Ariel Geschäfte machte. Ich liebte seine Stimme. Sein Deutsch war immer noch gebrochen, und man hörte seinen jiddischen Akzent deutlich heraus.

Sie hatten sich geeinigt. Einen Augenblick war es ganz still im Lager. Dann sagte der Kunde: Eins muß man euch Juden lassen. Wenn es um Geld und Geschäfte geht, seid ihr unschlagbar. Er klopfte Ariel mit seiner Hand auf den Rücken. Und Ariel? Ariel lächelte ihn an und schwieg.

Ich lag da, und Tränen schossen mir in die Augen. Sag was, dachte ich, schlag ihm in die Fresse. Tu etwas. Aber Ariel lächelte nur.

Ich war wütend. Ich erinnerte mich an die gleiche Wut, die ich hatte, wenn ich mit Sarah einkaufen ging. In unserem Viertel. Sarah ging ins Geschäft und brachte jedem Geschenke mit. Überschüttete die Verkäuferinnen mit Komplimenten. Gab überall Trinkgeld. Hatte solche Angst vor den Menschen! Glaubte sich Frieden und Ruhe erkaufen zu können. Wollte nicht darüber nachdenken, daß dies vor dem Krieg vielleicht jüdische Geschäfte waren, daß die Eigentümer ihre Nachbarn denunziert hatten. Sie schwiegen beide. Sie paßten sich an. Sie verdrängten. Sie waren feige.

Der Barkeeper schenkte nach. Der Pianist spielte *I did it my way*. In der Bar standen Männer und Frauen herum.

135

Jung. Und leicht. Wie die Geliebte von Ariel. Perla rückte näher. Sie streichelte mein Gesicht. Tränen liefen über meine Wangen. Ich weinte und merkte es nicht.

Weine, Julien. Weine. Laß deinen Tränen freien Lauf. Weine.

Ihre Hand brannte auf meinen Wangen. Wärme durchströmte meinen Körper. Menschen schauten auf uns. Gott, hilf mir. Hilf mir, das Leben zu ertragen, dachte ich.

Du mußt dein Gleichgewicht finden, Julien, deinen Lebenssinn, deine Daseinsberechtigung, deine Seele, deine Hoffnung, dich selbst. Du bist nicht auf dieser Welt, um zu leiden, um zu erinnern, in einer Vergangenheit zu leben, die nicht du, sondern deine Eltern erlebt haben. Du bist auf dieser Welt, um zu leben. Nichts kann rückgängig gemacht werden. Du mußt kein schlechtes Gewissen haben. Du kannst nichts dafür. Verstehst du mich, Julien, du mußt loslassen, das Leben geht weiter. Selbst deine Eltern haben weitergelebt.

Ich schaute Perla an. Sie war so schön. Ich goß unsere Gläser wieder voll. Wir tranken. Ich war benommen. Dankbar, daß der Wodka wirkte. Alles schien weicher, gütiger.

Es hört nie auf, sagte ich, was mich verrückt macht, ist, daß es nie aufhört. Überall schlagen sich irgendwelche Menschen die Köpfe ein, weil einige nicht so sind wie alle. Weil es Abweichler gibt. Weil es Menschen gibt, die nicht mitmachen, die anders sein wollen. Auffällig. Unsere Freiheit hört an den spießigen Außenwänden des Kleinbürgertums auf. In ihren Köpfen klopft das Kleingeistige an. Sie gönnen anderen die Freiheit nicht, die sie sich selbst nicht geschenkt haben. Wenn sie sich angepaßt haben, müssen es die anderen erst recht tun. Wo kämen wir denn hin, wenn jeder täte, was er will. Anarchie. Kommunismus! Ordnung muß doch sein! Das Auto muß sauber, der Hund stubenrein und das Kind still sein. Ruhe. Nur nicht auffallen. Nur nicht aus der Mehrheit ausbrechen. Nur nicht Jude oder schwarz sein, wenn alle Christen und weiß sind. Und wer das nicht versteht, dem bringen wir es eben bei. Wenn es sein muß mit Gewalt. Sage keiner, wir sind schuld. Schuld sind diejenigen, die die Lektion nicht verstanden haben. Wir haben doch nichts gegen andere, wenn sie nur so sind wie wir, sich genauso benehmen wie wir, genauso riechen wie wir. Dann dürfen sie ruhig anders sein. Gut, sie gehen nicht in die Kirche, sondern in die Synagoge oder die Moschee. Aber bitte ruhig und unauffällig. Geduldet. Nicht vergessen: Wir tolerieren sie. O ja. Wir sind so tolerant, so gütig, so großzügig. Jeder kann zu seinem Gott beten. Aber wenn es nicht der christliche ist, dann bitte still. Wir wollen nicht gestört werden. Und gegen Schwule haben wir auch nichts. Auch das tolerieren wir. Gut, wir verstehen nicht, daß Männer Männer lieben können. Ist ja auch nicht wirklich normal. Aber wir erlauben, daß sie sich treffen. In ihren Bars. Nur öffentlich, öffentlich sollten sie sich zurückhalten. Und die Schwarzen? Na ja. Die Schwarzen. Waren doch nun mal früher Sklaven. Und Afrika? Nicht besonders entwickelt. Trotzdem, wir haben nichts gegen Schwarze. Aber im selben Haus muß man deswegen doch nicht wohnen. Das hat doch mit Rassismus gar nichts zu tun, oder? Apropos Rassismus. Wo gibt es denn so viele Ausländer wie bei uns? Obwohl so viele von ihnen kriminell sind. Und trotzdem sind sie da. Aber befreundet sein? Dazu kann einen keiner zwingen, oder? Deswegen ist man doch noch kein Rassist, weil man sich nicht wünscht, daß die eigene Tochter mit einem Türken ausgeht, oder?

Perla, Perla, soll ich dir noch mehr erzählen? Von den kleinen Mißverständnissen? Und den großen Folgen! Ich bin nicht mal mehr wütend. Ich verzweifle.

Perla schaute mich schweigend an.

Und du? Bist du besser?

Ich weiß nicht, ob ich besser bin. Aber ich ersticke an dieser Enge. Ich halte es nicht mehr aus. Ich möchte fliehen und weiß nicht, wohin. Wo immer man landet auf dieser Erde, spielt sich dasselbe ab. Dieser hoffnungslose Kampf gegen die eigene Bedeutungslosigkeit. Eine kleine Familie, ein Job, ein Auto, drei Wochen Urlaub. Scheiße, Scheiße.

Du bist ein ganz schönes Arschloch, sagte Perla, woher nimmst du die Arroganz, die Überheblichkeit, so über andere Menschen zu richten? Glaubst du, mir fällt es leicht, hier zu leben, Deutsche zu sein? Mit dem Damoklesschwert der Vergangenheit zu leben? Ich weiß nicht, was meine Eltern gemacht haben. Ich weiß nicht, wieviel sie mir wirklich erzählt haben. Und was davon wahr ist. Wahrscheinlich spielt es letztendlich keine Rolle. Aber was eine Rolle spielt, ist, daß ich versuche, alles zu tun, damit es in meiner Zeit anders ist. Daß die kleinen Spießer nicht wieder die Oberhand bekommen. Glaubst du, daß du der einzige bist, der leidet? Der von einer anderen Welt träumt? So wie ich gibt es viele, die in ihrem kleinen Alltag, in ihrer kleinen Welt, in ihrem Mikrokosmos Signale setzen, die gelernt haben, die ihre Eltern verachten und darunter leiden, die auf der Suche nach einer Identität sind und verzweifeln, weil es so schwer ist, gegen den Strom zu schwimmen. Ich war nie ein Nazi, und ich bin kein Nazi. Und ich werde nie einer werden. So geht es Millionen jungen Deutschen. Kapierst du das? Ich will dasselbe wie du. Ich träume von derselben Welt wie du. Ich komme zwar von der anderen Seite der Katastrophe. Wir landen aber bei derselben Gegenwart. Sind im gleichen Boot. Verdammt noch einmal, es muß doch ein gemeinsames Morgen geben. Dein Selbstmitleid geht mir auf die Nerven, Julien. Und wenn du so die Nase voll hast, geh doch weg. Geh doch wieder nach Paris. Oder dahin, wo der Pfeffer wächst!

Perla stand auf und ging leicht schwankend Richtung Toilette.

35

Ich träumte.

Ich hing an einem roten Luftballon. Der Himmel war blau. Wolkenlos. Es war warm. Die Sonne schien mir ins Gesicht. Ich ärgerte mich, daß ich keine Sonnenbrille trug. Um mich herum flogen viele andere Luftballons. In Gelb, Blau, Grün, Lila, Weiß und Braun. An jedem Luftballon hingen Fotografien. Ich konnte Sarah und Ariel erkennen. Auch Perla war zu sehen. Henry. Aber die meisten Fotos waren weiß. Ohne Gesichter. Ich versuchte, näher heranzufliegen. Hoffte, dann mehr erkennen zu können. Aber sobald ich nah genug war, riß mich ein Luftzug wieder weg. Ich rüttelte an meinem Luftballon. Wieder kam ich den anderen nahe. Aber kaum erkannte ich Konturen, verschwanden sie. Es wurde windig. Ich wurde hin und her geworfen. Ich sah, daß mein Ballon an Luft verlor. Daß ich gleich abstürzen würde.

Ich schrie. Ich wachte auf. Wollte meine Augen nicht öffnen. Mein Kopf tat weh. Meine Augen schmerzten. Langsam öffnete ich sie. Das Bett war zerwühlt. Ich roch ein Parfum auf den Kissen. Woher kannte ich es? Draußen wurde es hell. Ein Bett, ein großer Spiegel, ein Bücherregal, ein eingebauter Schrank, zwei Nachttische. Zwei Art-déco-Lampen. Ich war nackt. Ich hörte das Klopfen an meiner Zimmertür.

Ariel kam herein. Er trug ein Tablett mit heißem schwarzem Kaffee, frischen Croissants, Butter, Erdbeermarmelade. Wir schauten uns an. Schweigend. Er legte liebevoll seine Hand auf mein Gesicht. Ich hatte das Gefühl, daß er mir etwas Wichtiges sagen wollte. Etwas, worüber er schon lange mit mir sprechen wollte. Aber er blieb schweigsam.

In einer Stunde würden der Rabbiner und weitere Männer zum Gebet kommen. Es mußten mindestens zehn sein, damit wir das Totengebet sprechen konnten. Ariel sah müde und alt aus. Wie lange würde er noch leben? Ich liebte diesen Mann. Ich spürte die Wärme dieses Gefühls. Ich liebte ihn für seine Widersprüchlichkeit. Ich liebte ihn, weil er versucht hatte, mich zu lieben. Mehr kann man nicht von einem Menschen verlangen als den ehrlichen Versuch zu lieben.

Ariel räusperte sich. Schaute auf ein Foto von Sarah.

Ich will ohne Sarah nicht auf dieser Welt sein. Du bist kein Kind mehr, Julien. Ich erwarte, daß wir wie Erwachsene miteinander reden. Ich werde ihr bald folgen. Sie war mein Leben. Wir haben uns fünfzig Jahre begleitet. Haben zusammen gelacht und geweint. Haben zusammen getrauert und uns gefreut. Wir waren auf Friedhöfen und auf Geburtstagsfeiern. Wir waren jung und wurden gemeinsam alt. Wir haben gemeinsam überlebt. Haben uns gewärmt, wenn es kalt war, und uns gefreut, wenn es uns gut ging. Wir haben uns auch verletzt. Waren ungerecht und gleichgültig. Es gab Zeiten, da glaubten wir nicht mehr, daß wir es schaffen würden. Doch wir haben es geschafft. Weißt du, woran du erkennst, ob du einen Menschen immer noch liebst? Wenn du Sehnsucht hast. Immer noch und immer wieder Sehnsucht. Ich habe Sehnsucht nach Sarah. Ich möchte sie wiedersehen, mit ihr reden, lachen und weinen. Sie fehlt mir so, Julien.

Ich merkte, wie Ariel die Tränen über die Wangen liefen. Er sah sich um. Die Gebetbücher waren auf dem Eßzimmertisch gestapelt. Die Kippot, die Kopfbedeckungen, auch. Bald würden die melodischen Gebete gesungen werden. Es blieb nicht mehr viel Zeit für Ariel.

Und dann kamst du. Du bist ein Wunder gewesen. Nie hätte ich gedacht, daß ich ein Kind in diese Welt setzen würde. In eine kalte, gleichgültige Welt. Wie zivilisiert sie auch sein mag, sie ist gleichgültig und egoistisch. Vielleicht, weil der Mensch so ist. Ich weiß es nicht. Aber was ich weiß, ist, daß es den Menschen egal ist, was um sie herum geschieht, solange sie nicht selber unmittelbar davon bedroht sind. Jeder denkt an sich selbst, an sein Überleben, an sein Wohlergehen. Wir schlachten Millionen Menschen, und keiner interveniert. Denk immer daran. Die Deutschen haben Auschwitz erfunden. Aber niemand ist deshalb in den Krieg gegen Deutschland gezogen. Wie oft haben wir seither wieder zugesehen, wenn Menschen Menschen massakrierten. Und doch scheint es eine Hoffnung zu geben, die es uns ermöglicht, dieses Leben auszuhalten, dieses Wissen zu ertragen. Kleine Pflanzen der Menschlichkeit, die sogar in der Hölle wachsen. Menschen, die trotzdem menschlich bleiben. Nicht zu Teufeln werden. Es gab Korczak, der mit seinen jüdischen Kindern in die Gaskammern ging, obwohl die Deutschen diesem christlichen Polen angeboten hatten, er könne freikommen. Es gab Schindler, diesen Sudetendeutschen, der über tausend Juden aus dem Krakówer Ghetto gerettet hat. Es gab die Geschwister Scholl, die zum Widerstand aufriefen, als die anderen mitmachten. Ariel trank einen Schluck Tee. Und es gibt das Lachen eines Babys, das dich tröstet. Für alles Furchtbare, was du erlebt hast, entschädigt dieser erste Blick. Dieser Blick, der so voller Vertrauen und Offenheit, so voller Zärtlichkeit und Liebe ist, daß du alles vergißt. Alles.

Du hast mir das Leben wiedergegeben. Hoffnung. Wenn du geweint und geschrieen hast, hörte ich die schönste Stimme der Welt. Wenn du mich angelächelt hast, war dies das Paradies. Wenn du dir in die Hosen gemacht hast, war es die schönste Aufgabe, dich sauberzumachen, zu pudern und dir eine frische Windel anzuziehen. Als du drei wurdest, tranken wir zusammen Kaffee, aßen gemeinsam Heringe. Sarah regte sich furchtbar auf, und ich sagte ihr, was gut für mich ist, kann nicht schlecht für mein Kind sein.

Ariel schaute mich ernst an. Bereite dich vor, mein Sohn. Ich werde dich verlassen. Es wird noch einmal anders sein als mit dem Tod deiner Mutter. Du wirst Vollwaise sein. Du wirst aufhören, Kind zu sein. Es wird keinen Menschen mehr auf der Welt geben, der dich dein ganzes Leben lang gekannt hat, von der ersten Sekunde, als du geatmet hast. Ich will nur, daß du weißt, daß ich dich sehr liebe.

Ich stand auf, ging auf Ariel zu, kniete mich vor ihn und umklammerte meinen alten Vater. Ich weinte. Bitterlich, hemmungslos.

36

Ein neuer Tag beginnt, mein Kind. Es wird hell. Die Sonne ist zu sehen. In wenigen Minuten werde ich deine Wangen küssen, deinen Geruch riechen, die Wärme deines Körpers fühlen. Ich freue mich so sehr auf diesen Augenblick, in dem du aufwachst. Deine Augen langsam und ungläubig öffnest. Dich fragst, ob du aus einem Traum aufwachst oder ob diese Welt ein Traum ist. So wenig Zeit bleibt uns. Du wirst ein paar tausendmal aufwachen und dann wieder dorthin zurückkehren, wo du herkommst. Ins Nichts? In die Ewigkeit? Den Himmel? Die Hölle? Als du ein Baby warst, habe ich dich nachts beobachtet. Mich gefragt, wieviel du schon weißt, verstehst? Wenn du mich angeschaut hast, hatte ich das Gefühl, daß du viel mehr sehen kannst als ich. Daß du schon einmal gelebt haben könntest. Vielleicht hast du alles, was ich dir erzähle, schon in deiner anderen Welt gesehen? Vielleicht weißt du alles und noch viel mehr über Ariel, Sarah, Perla und mich?

Ich erinnere mich, wie Perla am Abend, nachdem wir im Jimmys waren, wieder zu uns nach Hause kam, wieder an der Küchenwand saß. Still. Schüchtern. Diesmal konnte ich meinen Blick nicht von ihr lassen. Ihre Augen waren traurig. Ich ging auf sie zu und fragte sie, wie es ihr ginge. Sie schaute mich lange an und flüsterte mir zu: Ich habe Sehnsucht nach dir.

Ich streichelte über ihr langes Haar.

Und was machen wir heute abend? fragte ich.

Sie lächelte.

Wir gehen in einen Zirkus. Wollen wir in die Nachtvorstellung?

In einen Zirkus?

Kennst du einen besseren Ort, um traurig zu sein? fragte Perla und lächelte mich an.

Wir kamen zu spät. Setzten uns auf unsere Plätze und aßen Popcorn. Melancholische Musik erklang, und ein kleiner Junge wurde in einem großen Schlitten in die Manege gefahren. Er sprang heraus, tanzte, während immer mehr bunt maskierte Tänzer auftraten. Um mich herum lachten Kinder oder saßen mit offenem Mund da. Die Welt der Phantasie, der Illusion. Märchenerzähler. Clowns. Gaukler. Einfach lachen. Sich fallenlassen. An nichts denken. Nur den Geschichten der Manege folgen. Jetzt flogen Trapezkünstler durch die Luft, und das Kind lief durch das Publikum. Gefolgt von maskierten Männern. Trommelmusik ertönte. Die Verfolgungsjagd wurde schneller. Clowns liefen den maskierten Männern hinterher, die in die Luft schossen. Was würde passieren? Würde das Kind sich retten können? Ich schaute auf Perla. Ihre Augen waren so weit geöffnet wie ihr Mund. Gebannt, hypnotisiert schaute sie auf die Manege. War ich dabei, mich in diese Frau zu verlieben? Oder war ich es schon? In eine Deutsche? Eine Christin? Während ich trauerte?

In der Pause rauchten wir. Menschen liefen um uns herum, kauften Essen, Getränke, T-Shirts, Mützen und CDs.

Woran denkst du gerade? fragte Perla.

Daran, daß es viele Arten gibt, sein Leben zu verlieren. Und die schönste Art ist es, indem man sich verliebt.

Ich glaube, daß das die schönste Art ist, sein Leben zu gewinnen, sagte sie.

Als Perla mich vor der Haustür absetzte, küßten wir uns.

37

Die Frankfurter Westend-Synagoge wurde in der Pogrom-nacht des 9. November nicht zerstört. Sie ist eine der größten in Deutschland. Vor der Eingangstür standen Polizisten. Sie schützt uns vor Rechtsradikalen und islamistischen Extremisten.

Siehst du, Julien, sagte Ariel, nichts ändert sich. Eine Synagoge ist immer noch ein gefährlicher Ort. Kirchen müssen nicht bewacht werden.

Aber heute schützt uns wenigstens die Polizei, bemerkte ich, im Dritten Reich hat sie uns abgeholt. Das ist doch ein Unterschied, oder?

Ariel schaute mich einen Augenblick an und antwortete:

Ja. Aber verlaß dich trotzdem nicht darauf. Denk an die, die die Ursache dafür sind, daß die Polizei hier heute steht. Sie sind ausdauernd. Sie haben Zeit. Sie sind besessen von ihrem Haß. Sie sind viel ausdauernder, als wir glauben.

Ariel und ich beteten. Es war Schabbath. Am Schabbath der Trauerwoche darf man das Haus verlassen, um die Gebete im Gotteshaus zu sprechen. Die Synagoge war fast leer.

Die Alten leben nicht mehr, und ihr Jungen kommt nicht mehr, sagte Ariel. Dann versank er in seinen Gebeten. Ich stand neben ihm. Seine Haare und sein Bart waren grau. Sein Rücken gekrümmt. Er trug einen blauen Anzug, weißes Hemd, dunkle Krawatte. Gepunktet. Ich konnte sein Parfum riechen. Dreißig Jahre lang hatten wir gemeinsam in dieser Stuhlreihe gebetet. Jetzt war er kleiner als ich. Der Kantor und der Rabbiner lasen aus der Thora. Ein kleiner Junge stand bei ihnen. Er hatte Bar Mizwah. Und so wie Millionen anderer Jungen in Synagogen der ganzen Welt würde er bald aus der Thora lesen und damit als erwachsener Mann in die jüdische Gemeinde aufgenommen werden.

Ich muß an meine Bar Mizwah denken, flüsterte Ariel, es war in der Synagoge in unserem Dorf. Deine Großeltern und Urgroßeltern standen um mich herum. Und meine vier älteren Brüder. Einer hatte sogar schon einen richtigen Bart. Ich sang aus der Thora, und mein Vater schaute nervös und ernst über meine Schulter. Als ich fertig war, schrien alle Mazel Tov, Mazel Tov, und ich war sehr stolz. Auf dem Kiddusch, den meine Eltern veranstalteten, gab es gefillte Fisch und Tscholent für die Gemeinde. Die Männer tranken Wodka, und alle waren fröhlich und lachten. Die Sorgen waren für ein paar Stunden weggeblasen. Meine Brüder rannten mit ihren Freunden herum. Ich beneidete sie, weil ich mit Vater und Mutter bleiben mußte, um die Gratulationen entgegenzunehmen. Am Abend hatten meine Eltern ein paar Freunde zum Essen eingeladen. Sie unterhielten sich, und ich saß neben meinem Vater am Tisch. Die Kerzenleuchter, die nur am Schabbath benutzt wurden, erleuchteten den Raum. Das gute Geschirr stand auf dem Tisch, und meine Mutter hatte gekocht. Wir waren eine große Familie. Ich dachte an die Zukunft, daran, daß ich bald die Schule beenden würde. Dachte an die Mädchen, die ich erobern würde. Stellte mir vor, daß ich allein in die große Nachbarstadt Kraków fahren konnte. Daß ich die polnischen Jungen, die mich Drecksjude beschimpften, versohlen würde.

Vor dem Schlafengehen kam mein Vater in unser Zimmer, das ich mit meinen Brüdern teilte. Er setzte sich an mein Bett, streichelte meinen Kopf: Du bist jetzt erwachsen, mein Sohn. Ich will dir dein Geschenk geben.

Er griff in seine Hosentasche und nahm seine Taschenuhr heraus.

Die Uhr hat mir mein Vater zur Bar Mizwah gegeben, und nun sollst du sie haben.

Ich begann zu weinen.

Weine nicht, mein Sohn. Freue dich darüber, und trage sie stolz und glücklich.

Dann ging er und ließ mich und meine anderen Brüder im Zimmer.

Ich konnte die ganze Nacht kein Auge zumachen. In meiner Faust hielt ich seine Uhr. Fast zerdrückte ich sie.

Der Bar-Mizwah-Junge hatte aufgehört vorzubeten, und die Anwesenden in der Frankfurter Synagoge schrieen Mazel Tov und warfen Bonbons auf den Jungen, damit er ein süßes Leben haben sollte.

Ariel und ich reihten uns in die Schlange der Gratulanten ein. Der Junge stand neben seinem Vater, und sein Gesicht war vor Aufregung gerötet.

Auf dem Weg nach Hause schwieg Ariel.

Wir setzten uns in die Küche. Die Wohnung war leer. Erst am Abend, wenn der Schabbath zu Ende ging, würden unsere Freunde wiederkommen, um uns während der letzten Trauertage zu begleiten. Es war still. Wir tranken Tee. Jeder Blick schmerzte. Die Wohnung war anders geworden. Sarah war tot.

Ich brachte die Fotoalben in die Küche. Wir blätterten die Schwarzweiß- und Farbfotografien durch. Sarah lachte auf ihnen. Wie sollte man glauben, daß dieser Mensch endgültig Vergangenheit sein sollte? Wie sich damit abfinden?

Ich hätte dir gern die Uhr meines Großvaters und meines Vaters an deiner Bar Mizwah weitergegeben. So wie es mein Vater getan hat, Julien. Aber ich weiß nicht, wo sie ist. Ein Deutscher hat sie mir bei einem Appell im Ghetto weggenommen. Ich habe gebettelt, er solle sie mir lassen. Es sei die letzte Erinnerung an meinen Vater. Aber er hat mich ausgelacht.

Die Uhr, die du zu deiner Bar Mizwah bekommen hast, war kein Erbstück, ich hatte sie nach dem Krieg in Paris gekauft.

Ariel nahm mich in seine Arme. Er zitterte. Hielt mich fest umklammert. Streichelte meinen Kopf. Ich schloß die Augen. Wäre ich doch wieder ein Kind, dachte ich mir. Aber ich war kein Kind mehr. Würde nie mehr eines sein. Wie oft würde mein Vater mich noch so im Arm halten?

Ich bin traurig, daß der Haß nicht aufhört. Ariel schaute mich an. Er weinte. Vergiß nicht, vergiß nie, daß du ein Jude bist. Denn die anderen werden sich und dich früher oder später daran erinnern. Wir sind und werden an allem schuld bleiben. Du kennst doch die bittere Anekdote über die Titanic und ihren Untergang? Es treffen sich ein Franzose und ein Engländer. Sagt der Franzose: Die Juden sind an allem schuld. Selbst am Untergang der Titanic.

Fragt der Engländer: Wieso an der Titanic?

Na ganz einfach. Eisberg. Ich sage nur Eisberg. Ob Eisberg oder Goldberg. Alles Juden.

Ariel lachte bitter.

Und jetzt sind wir schuld am Terror in der Welt. Wir sind schuld, daß es Islamisten gibt. Wir sind schuld, weil es Israel gibt. Gäbe es keine Juden, gäbe es Israel nicht, wäre die Welt besser. Sie werden immer einen Vorwand finden, warum wir schuld sind und nicht sie selbst. Ich hatte nach der Shoah davon geträumt, daß die Welt verstanden hat, wohin dieser Judenhaß führt. Ich habe mich geirrt.

Was soll ich tun, Ariel?

Er schaute mich einen Augenblick an.

Julien, mein Sohn, so ist das mit den Geschichten, die man sich und anderen vormacht. Letzten Endes kennen alle Beteiligten die Wahrheit. Und die Gründe, sie ein wenig zu verbiegen. Aber die Wahrheit bleibt die Wahrheit. Für meine Generation gibt es die Wahrheit, daß wir nicht hier sein sollten. Und viele Gründe, diese Wahrheit geradezubiegen, weil wir ihr nicht gefolgt sind.

Ich schaute Ariel an und fragte ein zweites Mal: Was soll ich tun, was ist meine Wahrheit?

Ich weiß nicht, was du tun sollst. Du bist nicht ich. Die Kinder der Mörder sind nicht die Mörder. Ihr müßt eure Wahrheit suchen und finden. Aber ich weiß, was ich hätte tun sollen. Ich hätte nach Israel gehen sollen. Das einzige Land, in dem Jude kein Schimpfwort ist.

38

Bald ist auch diese Nacht vorbei, mein Kind. Was hätte ich ohne dich gemacht? Wie hätte ich die Dunkelheit ertragen? Die Angst, die immer größer wird, je später es wird. Wenn ich die Geister und Phantome spüre, die mit jeder Minute lebendiger werden. Die Angst, die ich tagsüber durch Aktivitäten überspielte, durch Gespräche, Meetings, langweilige Versammlungen und überflüssige Kontakte.

Dank dir überlebe ich die Zeit der Dunkelheit. Früher, als es dich noch nicht gegeben hat, lag ich nächtelang wach. Allein. Meine Gedanken verselbständigten sich. Spielten verrückt. Machten mich verrückt. Die Nacht ist die Heimat der Ängstlichen, der Heimatlosen, der Gestrandeten. Derjenigen, die das Leben nicht aushalten. In den Bars, den Kneipen treiben sie sich herum. Mondsüchtige. Sie liegen in ihren Betten, hellwach, von ihren Phantasien getrieben, ohnmächtig ihren Ängsten ausgeliefert. Sie fürchten sich vor dem Tag, den sie wieder einmal bestehen müssen. Der Tag ist voller Ablenkungen. Sinnlosen – zugegeben – aber hilfreichen, um ein wenig zu vergessen. Ich sehne mich nach Ruhe. Seit ich so alt war wie du, mein Kind, sehne ich mich nach Ruhe. Suche den Knopf, um abzuschalten und die Dämonen zu vertreiben. Es gab eine Zeit, in der ich nur noch traurig war. So müde und traurig, daß ich Angst davor hatte, nicht mehr aufwachen zu können, obwohl ich keinen Schlaf fand. Ich konnte nicht mehr aufstehen, das Bett zu verlassen war ein nicht zu leistender Kraftakt. Wozu in den Tag gehen, wenn die nächste furchtbare Nacht auf einen wartete? Selbst das Licht war kein Trost. Die Sonne schien nicht mehr. Das Reden war so furchtbar anstrengend und so sinnlos. Ich kapselte mich ab. Dann folgte die Zeit der Aktivität. Keine Sekunde ohne Menschen, ohne Aktion, ohne die verzweifelte Hoffnung, daß es sinnvolle Aufgaben gäbe. Ich war so verdammt sinnvoll, so unglaublich engagiert. Und doch allein. Doch unglücklich. Doch wütend. Doch elend. Doch einsam. Doch nicht erfüllt. Und immer noch voller Angst vor den wenigen Stunden der Dunkelheit. Dann war ich verzweifelt, nicht dazuzugehören. Anders zu sein. Mich nicht anpassen zu können. Aber selbst wenn ich es gekonnt hätte, wäre ich anders geblieben.

Ariel starb am 23. November. Er hielt sein Versprechen, Sarah schnell zu folgen. Es war ein kalter grauer Herbsttag. Es regnete. Gegen Mittag hörte sein Herz auf zu schlagen. Er starb in meinen Armen. Sein Gesicht wurde blaß. Seine Wangen waren eingefallen. Er schwitzte leicht. Seine Augen wurden klein, und sein Atem war schwer. Wir schauten uns an. Und sprachen schweigend miteinander. Er hatte recht. Sein Tod war noch schlimmer als der von Sarah. Ich verlor meinen Vater und meine Eltern mit ihm. Jeder Mensch wird als Kind geboren. Das ist seine erste Identität. Und dann: Nie mehr Kind sein. Nie mehr die Geschichten aus der Kindheit hören. Nie mehr einfach weinen können und in die Arme genommen werden, egal, was man angestellt hatte, und wissen, daß man immer und für immer geliebt wird. Ich zitterte am ganzen Körper. Der letzte Zeuge meiner nie gekannten Familie war tot. Es gab endgültig keine Vergangenheit mehr. Mit Ariel starben die unbekannten Onkel und Tanten, die ermordeten Großmütter und Großväter. Sein Grab war ein Massengrab.

Ich weiß nicht, wie lange ich ihn in den Armen hielt, mein Kind.

39

Die Sonne scheint.

Ein neuer Tag beginnt. Ich werde dich mit Küssen wekken. Deine Wangen streicheln. Ich weiß, daß auch du Angst hast. Ich werde dich beschützen. Solange deine Mutter und ich leben, sollst du beschützt sein. Wir sind dein Hafen. Immer. Als du auf die Welt kamst, dachte ich, daß nur ein weiterer Mensch atmen, essen, lieben und hassen wird. Alles, was du leben wirst, ist schon Millionen Mal von anderen gelebt worden. Und doch: So und von dir noch nie. Das Einmalige bist du. Jeder Mensch ist das Besondere. Für dich wird es das erste Mal sein, daß du die Sonne siehst, vor der Nacht Angst haben wirst. Dich auf den Winter freuen wirst. Im Schnee spielen wirst. Die Liebe entdecken wirst. Du wirst erstaunt sein über die Pickel in deinem Gesicht, die Haare, die auf deinem Körper wachsen werden, werden dich erschrecken. Du wirst Bücher, Gemälde, Filme und Musik entdecken. Du wirst viel lernen, über den Menschen, über das Universum. Du wirst neugierig sein und deine Erfahrungen machen. Du wirst von deinen Großeltern hören, was sie erlebt und erlitten haben. Du wirst deinen Vater beobachten, der davon geprägt und verwirrt ist. Der es nicht überwinden konnte, daß er das Kind von Holocaust-Überlebenden ist. Daran verzweifelt. Hilflos nach Antworten sucht. Du wirst lernen, daß das Leben trotzdem weitergeht. Daß wir Menschen das Leid verdrängen. Eine Schicht Puder über die Wunden und später über die Narben legen, damit wir und andere sie nicht entdecken. Du wirst sie bei mir nur mit der Zeit identifizieren. Mich ein wenig kennenlernen. Ich werde sie dir weitergeben. Gegen meinen Willen.

Ich werde dir alles erzählen und dabei meinen Schmerz zu erkennen geben. Wir werden uns erinnern. Dabei lachen und weinen. Du wirst mich fragen, wieso deine Mutter andere Erinnerungen hat. Wieso sie andere Wunden hat. Wieso wir zusammenkommen konnten. Alles wird weitergehen. Du wirst Kinder bekommen, und auch sie werden alles wieder zum erstenmal erleben. Alles geht weiter. Als ob nichts passiert wäre. Aber mit deinem Leben ist etwas passiert. Und selbst wenn wir nur ein Tropfen im Ozean sind, wird dieser Tropfen die Richtung des Wassers, die Welle bewegen. Auch wenn wir davon nichts merken. Das Leben, das Überleben, das Sterben ist für dich entscheidend. Es wird dich begleiten. Bis zum Ende. Du wirst lernen, in dieser Zeit Sinn zu entdecken. Hoffnung. Auf das Besondere und Einzigartige deiner Existenz. Und du wirst dafür kämpfen. Mit und gegen andere. Deine Sicht wird das Ergebnis der Geschichten und Erzählungen sein, die du hören wirst. Die Liebe, die du erfährst, wird es erträglich werden lassen. Und wenn du traurig bist, zweifelst, verzweifelst, wird diese Liebe dich hoffentlich retten. Du wirst Fehler machen. Und dafür bezahlen. Du wirst Menschen begegnen und dich über sie wundern. Sie werden dich enttäuschen, aber auch überraschen. Ich werde dich dazu erziehen, anderen Menschen zu vertrauen. Ich will nicht, daß du mißtrauisch wirst. Ich werde dir helfen, wenn du Angst hast, und wenn du nachts schlecht träumst, werde ich neben dir wachen. Ich will, daß du besser verstehst, als ich das kann, was uns angetan wurde. Und daß du, ohne zu vergessen, gütiger damit umgehst. Ich frage mich so oft, mein Kind, ob der Tod deiner Familie sinnlos gewesen ist. Alles ging einfach weiter. Die Mörder und die Mitläufer haben sich eingerichtet. Und doch glaube ich, daß die Dinge, die Welt sich verändern. Würde ich das nicht hoffen, ich müßte wahnsinnig werden. Ein wenig verrückt bin ich, mein Sohn. Du mußt das wissen. Ich werde dich Deutsch, Französisch und Hebräisch lehren. Du sollst die Sprachen deiner Familie kennen. Vielleicht auch ein paar Worte Polnisch. Ich werde dich mitnehmen, wenn wir Sarah und Ariel auf dem Tel-Aviver Friedhof besuchen. Wenn du größer bist, wirst du entscheiden, wie und wo du lebst. Ich werde mich nicht einmischen. Ich will, daß du frei bist. Die Menschen verändern sich. Überall. Deine Generation wird ihren Weg gehen. Ich habe auch in Deutschland Menschen kennengelernt, die zu Freunden wurden. Und ich habe deine Mutter kennengelernt. Es heißt, die Zeit heile alle Wunden. Ich weiß nicht, ob dieser Satz stimmt. Aber ich wünsche mir, daß es so ist. Wer weiß, wo du leben wirst, wenn du erwachsen bist. Wer weiß, wie die Welt dann sein wird.

Ariel hat mich immer davor gewarnt, in der Vergangenheit zu leben. Jetzt. Dieser Augenblick. Konzentriere dich auf das Jetzt, hatte er mir beigebracht und es doch selbst nie getan. Ich bin mit der Vergangenheit nicht fertig geworden. Und wenn ich so tue, als ob, glaube mir nicht. Ich kann nicht vergessen, was passiert ist. Und wenn ich so tue, als ob, glaube mir nicht. Ich bin nicht unverletzbar. Und wenn ich so tue, als ob, glaube mir nicht. Wer weiß, vielleicht gehen wir eines Tages zurück. Zusammen. Oder du allein. Du wirst es entscheiden, so wie ich meine Entscheidungen getroffen habe. Ich will nicht, daß du haßt. Niemanden. Ich will, daß du besser verstehen lernst, als ich es konnte. Sarah hat mir gesagt, daß ich nach dem Leben schreien soll. Daß ich es umarmen soll, daß ich es lieben soll.

Jetzt bist du dran, mein Kind.

Du wirst es eines Tages für dich entscheiden: Ich weiß nicht, wo du leben wirst. Aber jetzt werde ich mit dir in die Tuilerien zum Spielen gehen. Ich werde dir den Louvre zeigen. Und mit dir eine heiße Tasse Schokolade im Café de la Paix an der Oper trinken.

» Man muß sich die Kunden des Aufbau-Verlages als glückliche Menschen vorstellen.«

SÜDDEUTSCHE ZEITUNG

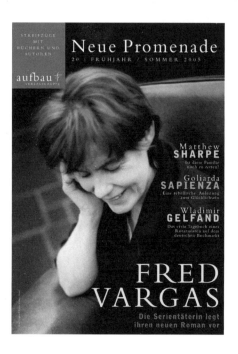

Streifzüge mit Büchern und Autoren:
Das Kundenmagazin der Aufbau Verlagsgruppe finden
Sie kostenlos in Ihrer Buchhandlung und als Download
unter www.aufbau-verlag.de.

Luc Jochimsen
Dieses Jahr in Jerusalem
*Theodor Herzl – Traum
und Wirklichkeit
Roman
Herausgegeben von
Michel Friedman
236 Seiten. Gebunden
ISBN 3-351-02576-9*

Was wurde aus den Visionen?

Theodor Herzl hinterließ die Idee eines eigenen jüdischen Staates. Jenseits der Mythen, die sich um seinen Namen ranken, analysiert die renommierte Publizistin Luc Jochimsen Leben und Werk des hellsichtigen Träumers. Seine Hoffnungen, Irrtümer und Visionen haben die Staatsidee Israel hervorgebracht. Zur eigenen Nation zurückzukehren, war Herzls Aufforderung an die Juden in aller Welt. Er entwarf seinen »mächtigen Traum«, die Idee vom Judenstaat, einer ganz und gar neuen Gesellschaft, und löste eine Massenbewegung aus, die die Welt veränderte. Als er mit 44 Jahren starb, waren die Folgen nicht abzusehen, ganz zu schweigen von der erschreckend aktuellen Wirklichkeit. Luc Jochimsen verfolgt die Entwicklung von Herzls Idee bis in die heutige Zeit.

»Ein Buch über Toleranz und deren Grenzen – auch im heutigen, realen Staat der Juden. Eine Pflichtlektüre für den Geschichtsunterricht.« Der Spiegel

*Weitere Informationen erhalten Sie unter
www.aufbau-verlag.de oder in Ihrer Buchhandlung*

Micha Brumlik
Wer Sturm sät
Die Vertreibung der Deutschen
Herausgegeben von Michel Friedmann
300 Seiten. Gebunden
ISBN 3-351-02580-7

Das Jahrhundert der Vertreibungen

Zum Ende des Zweiten Weltkrieges flohen Millionen Deutsche aus ehemaligen deutschen Ostgebieten. Unzählige wurden Opfer von Raub, Mord und Vergewaltigung. Micha Brumliks differenzierte Analyse zeigt einen Weg, sich dieser Geschichte zu stellen und einen Ton für die Debatte zu finden, der allen Opfern gerecht wird.

Die Beschäftigung mit Vertriebenen gipfelte in den Bemühungen, ihnen mit dem umstrittenen Zentrum gegen Vertreibungen ein Denkmal zu setzen. Brumliks Analyse stellt die monströse Vernichtungs- und Umsiedlungspolitik in den historischen Kontext des »Jahrhunderts der Vertreibungen« – vom Genozid der Türken an den Armeniern, der Deportation der Krim-Tataren durch Stalin bis hin zu Bürgerkrieg und Vertreibungen im postkommunistischen Jugoslawien. Das nationalsozialistische Deutschland steigerte diese Tendenzen bis ins Unvorstellbare und hat damit ein »präzedenzloses Verbrechen« (Yehuda Bauer) zu verantworten.

Weitere Informationen über Micha Brumlik erhalten Sie unter
www.aufbau-verlag.de oder in Ihrer Buchhandlung

Zvi Jagendorf
**Die fabelhaften
Strudelbakers**
Roman
*Aus dem Englischen
von Verena von Koskull*
221 Seiten. Gebunden
ISBN 3-351-02997-7

»Ein köstlicher Wurf.«
Facts

Dieser federleichte, glücklich- wie traurigmachende Roman, der für den Booker-Preis nominiert war, hat das Aroma eines echten Apfelstrudels, ist pikant und mit Liebe gemacht. Familie Helfgott aus Wien kann sich 1939 nach England in Sicherheit bringen. Voller Zärtlichkeit und Humor beschreibt Zvi Jagendorf das Leben dieser »Flüchtlinge«, die sich manchmal wie Englishmen und manchmal wie Waisenkinder fühlen.

»Ein Meister des subtilen Erzählens. ›Die fabelhaften Strudelbakers‹ ist eines jener selten gewordenen kleinen und stillen Meisterwerke.« Deutsche Welle

»Das alles liest sich so schön locker und leicht und ist mit dem unverwechselbaren jüdischen Humor versehen, daß es eine wahre Freude ist zu folgen.«
ZeitPunkt Kulturmagazin Leipzig

*Weitere Informationen über Zvi Jagendorf erhalten Sie unter
www.aufbau-verlag.de oder in Ihrer Buchhandlung*